MW01608460

LES WATSON

Raison et sentiments
Orgueil et préjugés
Mansfield Park
Emma
Persuasion
Northanger Abbey

JANE AUSTEN

LES WATSON

*nouvelle traduction de l'anglais
de Nicolas Porret-Blanc*

ARCHIPOCHE

Titre original : *The Watsons*

Notre catalogue est consultable
à l'adresse suivante :
www.archipoche.com

Éditions Archipoche
34, rue des Bourdonnais
75001 Paris

ISBN 978-2-37735-002-5

La première soirée de l'hiver, à D., dans le Surrey, devait avoir lieu le jeudi 13 octobre, et de l'avis général elle serait fort réussie. On parcourut en toute confiance une longue liste des familles du comté dont la présence était acquise, en caressant le ferme espoir que les Osborne eux-mêmes seraient présents.

S'ensuivit, bien entendu, l'invitation des Edwards aux Watson. Les Edwards étaient des gens fortunés qui demeuraient en ville et possédaient leur propre équipage. Les Watson, qui habitaient un village distant de trois miles environ, étaient pauvres et ne possédaient pas de voiture fermée. Depuis que l'on donnait des bals en ville, les premiers avaient l'habitude d'inviter les seconds à s'habiller, dîner et dormir chez eux à chacune de leurs visites mensuelles durant l'hiver. Cette fois-ci, seules deux des filles de Mr Watson étaient à la maison, et comme la présence d'une d'entre elles lui était constamment nécessaire, car il était malade et veuf, une seule pourrait profiter de la gentillesse de leurs amis. Miss Emma Watson, très fraîchement revenue dans sa famille après avoir été confiée aux bons soins d'une tante qui l'avait élevée, ferait donc son entrée dans la société du voisinage. Sa sœur aînée, qui prenait toujours autant de plaisir à aller au bal depuis son entrée dans le monde dix ans plus tôt, eut quelque mérite à se charger avec entrain de la conduire à D. dans la vieille chaise de poste, elle et sa toilette, le matin du grand jour.

Tandis que l'équipage avançait dans les flaques et la boue, Miss Watson instruisit et mit en garde sa sœur inexpérimentée :

— Gageons que ce sera un bal très réussi, et parmi tant d'officiers, vous ne manquerez guère de cavaliers. La femme de chambre de Mrs Edwards, vous verrez, sera toute disposée à vous apporter son aide, et je vous conseille de consulter Mary Edwards si vous avez le moindre questionnement, car elle a fort bon goût. Si Mr Edwards ne perd pas son argent aux cartes, vous resterez aussi tard que vous pourrez le souhaiter. Sinon, il vous ramènera peut-être très vite à la maison. Dans un cas comme dans l'autre, on vous servira un bon potage. J'espère que vous serez en beauté. Je ne serais pas étonnée que vous fussiez considérée comme l'une des plus charmantes jeunes filles de l'assemblée, la nouveauté suscitant toujours l'intérêt. Tom Musgrave vous remarquera peut-être, mais je vous déconseille vivement de l'encourager. Il a pour habitude de s'intéresser aux débutantes, mais c'est un grand séducteur, et ses intentions ne sont jamais sérieuses.

— Je crois vous en avoir déjà entendu parler, dit Emma. Qui est-ce?

— Un jeune homme très fortuné, tout à fait indépendant, et remarquablement aimable. Où qu'il aille, il fait l'unanimité. Dans les environs, toutes les filles sont amoureuses de lui, ou l'ont été. Je crois être la seule à lui avoir échappé le cœur indemne, et pourtant je fus la première sur qui il eut jeté son dévolu à son arrivée dans cette contrée il y a six ans. Et il s'était montré particulièrement pressant. Aux dires de certains, aucune fille, depuis lors, n'aurait trouvé grâce à ses yeux, bien qu'il soit toujours à badiner galamment avec l'une ou avec l'autre.

— Et comment se fait-il que votre cœur soit le seul à être resté de glace? demanda Emma en souriant.

— Il y a une raison à cela, répondit Miss Watson en changeant de couleur. On ne m'a pas très bien traitée là-bas, Emma, j'espère que vous aurez plus de chance que moi.

— Ma chère sœur, je vous demande pardon si je vous ai involontairement peinée.

— Quand nous avons fait la connaissance de Tom Musgrave, poursuivit Miss Watson sans paraître avoir entendu, j'étais très attachée à un jeune homme du nom de Purvis, un ami intime de Robert, que nous fréquentions alors beaucoup. Tout le monde pensait que nous étions faits l'un pour l'autre.

Un soupir accompagna ces mots, qu'Emma respecta en silence. Mais après une courte pause, sa sœur poursuivit :

— Bien entendu, vous vous demanderez pourquoi ce mariage n'eut pas lieu et pourquoi il en épousa une autre, alors que je suis, moi, toujours célibataire. C'est à lui et non à moi qu'il faudrait demander. Ou à Penelope. Oui, Emma, Penelope est à l'origine de tout. Pour elle, tous les moyens sont bons pour se trouver un mari. Je lui faisais confiance, mais elle l'a monté contre moi afin d'en faire la conquête. Pour finir, il a cessé ses visites et en a épousé une autre peu après. Si Penelope prend sa propre conduite à la légère, semblable trahison est à mes yeux impardonnable. Elle a détruit mon bonheur. Jamais je n'aimerai un autre homme comme j'ai aimé Purvis. Selon moi, Tom Musgrave ne saurait soutenir la comparaison avec lui.

— Je suis scandalisée par ce que vous me dites de Penelope, dit Emma. Un tel agissement est-il possible de la part d'une sœur ? De la rivalité, de la traîtrise entre sœurs ! Je redoute de la rencontrer. J'espère toutefois qu'il n'en fut rien. Les apparences étaient contre elle.

— Vous ne connaissez pas Penelope. Il n'est rien dont elle ne soit capable pour se marier. Elle vous dirait elle-même peu ou prou la même chose. Ne lui confiez jamais aucun secret personnel, croyez-moi, ne lui accordez pas votre confiance. Elle n'est pas sans qualités, mais quand il s'agit de protéger ses intérêts, elle n'a plus ni foi, ni honneur, ni scrupules. Je lui souhaite de tout cœur de faire un beau mariage. En vérité, je préférerais la voir bien mariée plutôt que moi.

— Plutôt que vous ! Oui, je peux le concevoir. Un cœur blessé comme le vôtre ne peut qu'avoir un penchant modéré pour le mariage.

— Certes. Mais comme vous le savez, nous n'avons d'autre choix que de nous marier. Pour ma part, je pourrais fort bien rester célibataire. Un peu de compagnie et un bal agréable de temps à autre me suffiraient si l'on pouvait rester jeune éternellement. Mais notre père ne peut assurer notre avenir et il est bien fâcheux de vieillir pauvre et méprisée par tous. J'ai perdu Purvis, c'est un fait, mais rares sont ceux qui épousent leur premier amour. Je ne saurais éconduire un homme au prétexte qu'il n'est pas Purvis. Ce qui ne signifie pas que je parvienne jamais totalement à pardonner à Penelope.

Emma acquiesça d'un hochement de tête.

— Penelope, cependant, a eu son lot de malheurs, poursuivit Miss Watson. Elle a été cruellement déçue par Tom Musgrave, qui reporta sur elle l'attention qu'il m'avait prodiguée, et pour qui elle se prit d'affection. Mais ses intentions à lui ne sont jamais sérieuses, et quand il en eut assez de badiner avec elle, il commença à la négliger au profit de Margaret, pour le plus grand malheur de Penelope. Depuis, elle essaie de conclure un mariage à Chichester. Elle refuse de nous dire avec qui, mais je crois qu'il s'agit d'un riche et vieux médecin, un certain Dr Harding, oncle de l'amie à qui elle rend visite là-bas. Elle s'est donné beaucoup de mal pour lui et lui a consacré beaucoup de temps, mais en vain jusqu'ici. Lorsqu'elle est partie l'autre jour, elle a dit que ce serait la dernière fois. Je suppose que vous ignoriez le motif de ses déplacements à Chichester, et que vous ne deviniez point ce qui pouvait justifier qu'elle quittât Stanton au moment même où vous reveniez à la maison, après tant d'années d'absence.

— Non, en effet, je n'en avais pas la moindre idée. Je trouvais fort regrettable qu'elle eût cet engagement envers Mrs Shaw à ce moment précis. J'avais espéré trouver toutes mes sœurs à la maison, et pouvoir aussitôt me faire de chacune une amie.

— Je soupçonne le Dr Harding d'avoir eu une crise d'asthme, ce qui expliquerait son départ précipité. Les Shaw lui sont très favorables. C'est du moins ce que je présume, car elle ne me dit rien. Elle prétend vouloir s'occuper elle-même de ses affaires, et dit, fort à propos d'ailleurs, que «trop de cuisiniers gâtent la sauce».

— Je suis navrée qu'elle ait tous ces ennuis, dit Emma, mais je n'approuve ni ses projets, ni ses opinions. Je la crains déjà. Son caractère est sans doute trop viril, trop hardi pour moi. S'obstiner ainsi à vouloir se marier, poursuivre un homme dans le simple but de s'établir, voilà le genre de choses qui me choque, et que je ne puis comprendre. La pauvreté est un grand mal, mais pour une femme qui a de l'éducation et des sentiments, elle ne doit pas, ne peut pas être le pire des maux. Je préférerais encore être institutrice (et je ne puis imaginer rien de pire) que d'épouser un homme qui me déplaît.

— N'importe quoi, plutôt que devenir institutrice, dit sa sœur. Contrairement à vous, je suis allée à l'école, je sais donc l'existence que l'on y mène. Je n'aimerais pas plus que vous épouser un homme désagréable. Je ne pense cependant pas qu'il y en ait beaucoup qui le soient vraiment. À mon avis, je pourrais aimer n'importe quel homme, pourvu qu'il ait de l'esprit et des revenus suffisants. Notre tante t'a sûrement inculqué des manières raffinées.

— À dire vrai, je n'en sais rien. Ma conduite doit vous enseigner comment j'ai été élevée. Je ne puis en juger moi-même. Je ne saurais comparer les méthodes de ma tante à celles de quiconque, n'en connaissant point d'autres.

— Je vois cependant à de nombreux détails que vos manières sont raffinées. Je m'en suis aperçue dès votre arrivée, et je crains que cela ne nuise à votre bonheur. Penelope va beaucoup se moquer de vous.

— Voilà en effet qui ne fera pas mon bonheur. Si mes jugements sont erronés, je dois les corriger. S'ils ne sont pas en rapport avec ma condition, il me faut tâcher de les dissimuler. Mais je doute que le ridicule… Penelope a-t-elle beaucoup d'esprit?

— Oui, elle est très vive, et parle sans aucune retenue.

— Margaret est plus douce, je suppose.

— Oui, surtout en société. Elle n'est que gentillesse et douceur quand il y a quelqu'un dans les parages. Mais elle peut se montrer irritable et têtue avec nous. La pauvre! Elle s'est mis en tête que Tom Musgrave serait davantage épris d'elle qu'il ne l'a jamais été de personne, et vit dans l'attente qu'il en vienne au fait. C'est la deuxième fois en un an qu'elle va passer un mois chez Robert et Jane afin de le provoquer par son absence. Mais je suis sûre qu'elle se trompe et qu'il ne la suivra pas plus à Croydon cette fois-ci qu'il ne l'a fait en mars dernier. Il ne se mariera jamais, sauf s'il parvient à trouver quelqu'un de haute extraction. Miss Osborne peut-être, ou quelqu'un de cette nature.

— Ce que vous me dites de ce Tom Musgrave ne m'incline guère à vouloir le rencontrer.

— Il vous fait peur, cela ne m'étonne pas.

— Non, ce n'est pas du tout cela. Il ne m'inspire qu'antipathie et mépris.

— De l'antipathie et du mépris pour Tom Musgrave ? Non, c'est absolument impossible. Je vous mets au défi de ne pas tomber sous son charme si jamais il vous accorde quelque attention. J'espère qu'il dansera avec vous, ce dont je ne doute pas, à moins que les Osborne ne viennent en nombre, auquel cas il ne parlera à personne d'autre.

— Ses manières semblent des plus engageantes ! dit Emma. Eh bien, nous verrons à quel point nous nous trouverons irrésistibles, Mr Tom Musgrave et moi. Je suppose que je le reconnaîtrai dès mon entrée dans la salle de bal ; il porte forcément un peu de son charme sur son visage.

— Vous ne le trouverez pas dans la salle de bal, je puis vous l'affirmer. Vous partirez tôt pour que Mrs Edwards puisse trouver une bonne place près de la cheminée, et lui arrive toujours très tard. De plus, si les Osborne viennent, il attendra dans le couloir et fera son entrée avec eux. J'aimerais assister à vos débuts, Emma. Si seulement père était dans un de ses bons jours, je m'emmitouflerais, je me ferais conduire par James, et dès que j'aurais préparé son thé à père, je serais à vos côtés quand on commencera à danser.

— Comment! Vous viendriez nuitamment, dans cette voiture?

— Bien entendu! Tenez, quand je vous disais que vous étiez délicate… En voici un exemple.

Emma resta silencieuse un instant avant de répondre:

— Elizabeth, je regrette que vous ayez insisté pour que je me rende à ce bal, et je préférerais que vous y alliez à ma place. Votre plaisir serait supérieur au mien. Je suis une étrangère ici, et ne connais personne à part les Edwards. Mon amusement est donc loin d'être garanti. Le vôtre, parmi toutes vos connaissances, est au contraire assuré. Il n'est pas trop tard pour changer. Il suffirait de quelques excuses aux Edwards, qui apprécieront sûrement davantage votre compagnie que la mienne, et je m'en retournerais bien volontiers auprès de notre père. Je n'aurais par ailleurs aucune crainte à rentrer avec cette vieille jument fort calme. Quand à ta toilette, je trouverais bien le moyen de te la faire parvenir.

— Ma très chère Emma, s'écria Elizabeth chaleureusement, me croyez-vous capable de faire pareille chose? Pour rien au monde… Mais je n'oublierai jamais la bonté avec laquelle vous me l'avez proposé. Il faut vraiment que vous ayez bon caractère.

Je n'ai jamais rien vu de semblable! Et vous renon-
ceriez vraiment à ce bal pour que je puisse y aller!
Croyez-moi, Emma, je ne suis pas assez égoïste pour
cela. Non, bien que je sois de neuf ans votre aînée,
je ne voudrais pas être celle qui empêche que l'on
vous vît. Vous êtes très jolie, et il serait fort cruel que
vous n'eussiez pas, comme nous l'avons toutes eue
avant vous, une si belle occasion de faire votre fortune. Non, Emma, si quelqu'un doit rester à la maison
cet hiver, ce ne sera pas vous. Il est certain que je
n'aurais jamais pardonné à la personne qui m'aurait
privée d'un bal à dix-neuf ans.

Emma lui exprima sa gratitude et pendant quelques
minutes elles poursuivirent leur route en silence. Elizabeth fut la première à reprendre la parole.

— Vous porterez attention aux hommes avec qui
dansera Mary Edwards.

— Je ferai mon possible pour me souvenir de ses
partenaires, mais comme vous le savez, ils me seront
tous inconnus.

— Contentez-vous d'observer si elle danse plus
d'une fois avec le capitaine Hunter. J'ai quelques
craintes de ce côté-là. Non que son père ou sa mère
affectionnent les officiers, mais si c'est son cas, c'en
est fini du pauvre Sam. J'ai promis de lui écrire pour
lui rapporter avec qui elle aurait dansé.

— Sam est-il attaché à Miss Edwards?

— Ne le saviez-vous point?

— Comment le saurais-je? Comment pourrais-je avoir connaissance, dans le Shropshire, de quelque événement de cette nature se produisant dans le Surrey? Des affaires aussi délicates avaient peu de chance de figurer dans la maigre correspondance que nous avons échangée au cours des quatorze dernières années.

— Je me demande pourquoi je n'y ai jamais fait allusion dans mes lettres. Depuis votre retour, j'ai été si occupée avec notre pauvre père et notre grande lessive que je n'ai rien eu le temps de vous dire. Il est vrai que je pensais que vous étiez au courant. Voilà deux ans qu'il est très épris d'elle, et il se trouve fort dépité de ne pouvoir toujours s'échapper pour assister à nos bals. Mais Mr Curtis accepte rarement de se passer de lui, et en ce moment, les temps sont difficiles à Guildford.

— Croyez-vous Miss Edwards disposée à l'aimer?

— Je crains que non. Comme vous le savez, elle est fille unique, et sera pourvue de dix mille livres.

— Elle pourrait toutefois aimer notre frère.

— Oh, non! Les Edwards visent beaucoup plus haut. Ses parents n'y consentiraient jamais. Sam n'est que chirurgien, voyez-vous. Il m'arrive parfois de penser qu'il lui plaît vraiment. Mais Mary Edwards est plutôt réservée et collet monté. Je ne sais pas toujours ce qu'elle pense.

— À moins que Sam ne se sente en terrain sûr avec la demoiselle, il me semble regrettable de l'encourager à penser à elle.

— Il est dans l'ordre des choses qu'un jeune homme pense à quelqu'un, dit Elizabeth. Et pourquoi ne serait-il pas aussi chanceux que Robert, qui s'est trouvé une bonne épouse, ainsi que six mille livres ?

— Nous ne pouvons pas tous espérer avoir autant de chance que lui, répondit Emma. Dans une famille, la chance de l'un échoit à tous les autres.

— Toute la mienne reste à venir, c'est certain, dit Elizabeth avec un soupir au souvenir de Purvis. J'ai eu assez de malheurs, et vous n'êtes pas en reste, car notre tante s'est bien sottement remariée. Enfin, j'imagine que ce sera un bal réussi. Après le prochain carrefour nous arriverons à la barrière à péage. Vous pouvez voir le clocher par-dessus la haie, et le Cerf Blanc n'est pas loin. J'ai hâte de savoir ce que vous penserez de Tom Musgrave.

Ce furent là les dernières paroles audibles de Miss Watson avant qu'elles ne franchissent la barrière de péage pour s'engager sur les pavés de la ville, la cohue et le bruit rendant tout à fait indésirable la poursuite de leur conversation. La vieille jument trottait d'un pas lourd, sans attendre qu'on tirât sur les rênes pour tourner au bon moment. Elle ne commit qu'une erreur, en suggérant une halte devant la boutique de la modiste, puis s'arrêta devant la porte des Edwards. Mr Edwards habitait la plus belle maison de la rue, qui elle-même se trouvait dans la plus belle partie de la ville, si l'on passait outre à l'excentricité avec laquelle Mr Tomlinson, le banquier, affirmait que la maison qu'il venait de faire construire à la sortie de la ville, avec ses massifs et sa grande allée en courbe, se trouvait à la campagne. La maison des Edwards était plus haute que la plupart des constructions voisines, et possédait deux fenêtres de part et d'autre de la porte, protégées par des barres et des chaînes, ainsi qu'un perron de pierre menant à la porte.

— Nous voici arrivées saines et sauves, dit Elizabeth tandis que l'équipage s'immobilisait. D'après l'horloge du marché, nous n'avons mis que trente-cinq minutes, ce qui, ma foi, n'est pas si mal, encore que ce ne serait rien pour Penelope. N'est-ce pas une jolie ville? Les Edwards possèdent une noble demeure, comme tu peux le voir, et mènent grand train. Crois-moi, c'est un homme en livrée à la tête poudrée qui ouvrira la porte.

Emma n'avait vu les Edwards qu'en une seule occasion, un matin à Stanton, aussi étaient-ils presque des étrangers pour elle; et si son humeur n'était en rien indifférente aux réjouissances qui s'annonçaient pour la soirée, elle ne se sentait pas très à l'aise à l'idée de tout ce qui devait les précéder. En outre, la conversation qu'elle avait eue avec Elizabeth, et qui avait fait naître en elle des sentiments fort déplaisants quant à sa famille, l'avait rendue plus sensible aux impressions désagréables de toutes sortes, et avait accru la gêne qu'elle éprouvait à l'idée d'une intimité aussi soudaine avec des gens qu'elle connaissait à peine.

Rien dans les manières de Mrs ou Miss Edwards n'était de nature à modifier d'emblée son état d'esprit. La mère, quoique fort aimable, semblait réservée et ses manières très compassées. Quant à la fille, âgée de vingt-deux ans, elle avait un air distingué et les cheveux en papillotes, et paraissait tout naturellement avoir emprunté quelque chose du style de la mère qui l'avait élevée. Emma se retrouva bientôt seule pour mieux les connaître, car Elizabeth était obligée de partir sans tarder. Seules quelques remarques fort languissantes sur l'éclat probable du bal vinrent, de temps à autre, rompre un silence d'une demi-heure au terme duquel le maître de maison les rejoignit.

Mr Edwards avait l'air plus simple et plus communicatif que les dames de la famille. Il arrivait tout juste de la rue, et était disposé à raconter tout ce qui pouvait les intéresser. Après avoir réservé un accueil cordial à Emma, il se tourna vers sa fille et lui dit :

— Eh bien, Mary, j'ai une bonne nouvelle pour vous. Les Osborne seront certainement au bal ce soir.

On a commandé au Cerf Blanc des chevaux pour atteler deux voitures qui doivent être à Osborne Castle pour neuf heures.

— J'en suis ravie, dit Mrs Edwards, leur présence donne du crédit à nos soirées. Quand on saura que les Osborne ont assisté au premier bal, nombreux seront ceux qui voudront venir au second. Ils n'en méritent pas tant, car en fait ils n'ajoutent rien à l'agrément de la soirée ; ils arrivent si tard et partent si tôt. Mais les grands de ce monde ont toujours leur charme.

Mr Edwards poursuivit le récit de toutes les autres petites nouvelles qu'il avait pu glaner au cours de sa promenade matinale, et la conversation gagna en animation, jusqu'au moment où Mrs Edwards dut aller s'habiller et où l'on recommanda vivement aux jeunes filles de ne pas perdre de temps. Emma fut conduite à un appartement très confortable, et, dès que Mrs Edwards en eut terminé de ses amabilités et qu'elle se retrouva seule, commencèrent alors les plaisants préparatifs et les premières joies d'un bal. Les jeunes filles s'habillant ensemble, dans une certaine mesure, eurent inévitablement l'occasion de mieux faire connaissance ; il apparut à Emma que Miss Edwards avait beaucoup de bon sens, un esprit modeste et sans prétention, ainsi qu'un grand désir de rendre service ; et quand elles regagnèrent le petit salon où se trouvait Mrs Edwards, dignement vêtue d'une des deux robes de satin qui lui faisaient tout l'hiver et d'un nouveau bonnet acheté chez la modiste, elles y entrèrent avec beaucoup plus d'aisance et des sourires plus naturels qu'elles n'en avaient eu en sortant.

Il fallait maintenant examiner leurs robes. Mrs Edwards considéra qu'elle était elle-même trop dépassée pour approuver les extravagances modernes, quel que fût leur succès, et, tout en considérant avec complaisance la beauté de sa fille, ne put qu'exprimer une admiration nuancée. Mr Edwards, qui n'était pas moins satisfait de Mary, complimenta Emma avec une galanterie pleine de bonhomie, et ce aux dépens de sa fille. La discussion prit un tour plus intime, et Miss Edwards demanda gentiment à Emma si on ne lui disait pas souvent qu'elle ressemblait beaucoup à son frère cadet. Emma crut voir une légère rougeur accompagner la question, et la manière dont Mr Edwards la releva lui parut encore plus suspecte.

— Ce n'est guère un compliment que vous faites là à Emma, s'empressa-t-il de lui faire observer. Mr Sam Watson est certes un excellent jeune homme et, je n'en doute pas, un chirurgien très habile, mais son teint a été un peu trop exposé aux climats de toutes sortes pour que la comparaison soit très flatteuse.

Mary s'excusa, non sans une certaine confusion. Elle n'avait pas jugé qu'une forte ressemblance pût être incompatible avec différents degrés de beauté.

Il pouvait y avoir des similitudes dans l'expression du visage, et le teint, voire les traits, rester tout à fait dissemblables.

— Je ne saurais dire si mon frère est beau, dit Emma, car je ne l'ai pas vu depuis qu'il avait sept ans. Mais mon père trouve que nous nous ressemblons.

— Mr Watson! s'écria Mr Edwards. Eh bien, vous m'étonnez. Il n'existe pas la moindre ressemblance entre vous. Votre frère a les yeux gris, les vôtres sont marron. Il a le visage allongé et une grande bouche. Ma chère, où voyez-vous la moindre ressemblance?

— Pas la moindre. Miss Emma me rappelle beaucoup sa sœur aînée, et parfois je lui trouve des airs de Miss Penelope… et une fois ou deux, elle m'a fait songer à Mr Robert. Mais je ne perçois aucune ressemblance avec Mr Samuel.

— J'en vois bien une avec Miss Watson, répondit Mr Edwards, très marquée, mais je ne suis pas sensible aux autres. Je ne crois pas vraiment qu'elle ressemble à un autre membre de la famille, hormis Miss Watson. Mais je suis tout à fait certain qu'elle et Sam n'ont rien de commun.

Cette affaire étant réglée, ils allèrent dîner.

— Votre père, Miss Emma, est l'un de mes plus vieux amis, dit Mr Edwards tandis qu'il lui servait du vin, une fois qu'ils furent installés près de la cheminée pour savourer leur dessert. Buvons à son rétablissement. Je vous assure, je suis très préoccupé de le voir à ce point infirme. Je ne connais personne aimant mieux que lui jouer aux cartes en société, et très peu de gens qui le surpassent au robre. Il est mille fois regrettable qu'il soit ainsi privé de ce plaisir, car nous avons ces temps-ci un sympathique petit club de whist qui se réunit trois fois par semaine au Cerf Blanc ; il y prendrait beaucoup de plaisir si seulement il pouvait recouvrer sa santé.

— Je n'en doute pas, monsieur, et je souhaiterais de tout cœur qu'il en eût la force.

— Votre club conviendrait mieux à un invalide, dit Mrs Edwards, si vous ne finissiez pas si tard.

C'était là un grief ancien.

— Si tard, ma chère ! Que me racontez-vous là ? s'écria le mari avec force bonhomie. Nous sommes toujours rentrés avant minuit. On rirait à Osborne Castle de vous entendre dire que c'est tard. À minuit, c'est à peine s'ils sortent de table.

— Ce n'est pas le propos, rétorqua calmement son épouse. Les Osborne ne sauraient nous servir de modèle. Vous feriez mieux de vous réunir chaque soir et d'arrêter deux heures plus tôt.

La discussion en arrivait très souvent là, mais Mr et Mrs Edwards avaient la sagesse de ne jamais aller plus loin, et Mr Edwards passa à autre chose. Ayant vécu assez longtemps la vie oisive des villes, il avait pris un certain goût aux cancans, et comme il était curieux d'en savoir davantage sur la situation de sa jeune invitée que ce qu'on lui en avait déjà rapporté, il s'adressa à elle en ces termes :

— Je crois, Miss Emma, que je me rappelle assez bien votre tante pour l'avoir connue il y a près de trente ans. Je suis presque certain d'avoir dansé avec elle à Bath dans les anciens salons, l'année précédant mon mariage. C'était une bien belle femme à l'époque, mais je suppose qu'elle a un peu vieilli depuis, comme nous tous. J'espère qu'elle a des chances d'être heureuse avec son second mari.

— Je l'espère et je le crois, monsieur, répondit Emma avec quelque agitation.

— Mr Turner n'était pas mort depuis longtemps, n'est-ce pas ?

— Environ deux ans, monsieur.

— J'ai oublié quel est son nouveau nom.

— O'Brien.

— Un Irlandais ! Oui, je me rappelle. Et elle est partie s'établir en Irlande. Je ne suis guère surpris que vous ne souhaitiez pas l'accompagner dans ce pays-là, Miss Emma. Mais la pauvre, qui vous avait élevée comme sa propre fille… Vous devez beaucoup lui manquer !

— Monsieur, je n'ai pas été ingrate au point de vouloir être ailleurs qu'auprès d'elle, répondit Emma avec une certaine animation. Il ne leur convenait pas… il ne convenait pas au capitaine O'Brien que je les accompagne.

— Capitaine! répéta Mrs Edwards. Ce monsieur est donc dans l'armée?

— Oui, madame.

— Bien sûr, rien de tel qu'un officier pour conquérir le cœur de ces dames, jeunes ou vieilles. Impossible de résister à une cocarde, ma chère.

— J'espère bien que si, dit Mrs Edwards d'un air grave en jetant un coup d'œil rapide à sa fille.

Emma, à peine remise de son propre trouble, s'aperçut alors que les joues de Miss Edwards s'étaient empourprées et, se rappelant ce qu'Elizabeth lui avait dit du capitaine Hunter, s'interrogea sur les influences respectives de ce dernier et de son frère.

— Les dames d'un certain âge devraient faire preuve de prudence quand elles se remarient, fit observer Mr Edwards.

— Prudence et discrétion ne sauraient être réservées aux dames d'un certain âge ou aux remariages, ajouta son épouse. Ces deux qualités sont tout aussi utiles aux jeunes filles en quête d'un premier mari.

— Plutôt plus, ma chère, répliqua-t-il, car les jeunes filles risquent d'en subir les effets plus longtemps. Quand une vieille dame agit sottement, il n'est

pas dans l'ordre des choses qu'elle en souffre de nom-
breuses années.

Emma se passa la main sur les yeux, et Mrs Edwards,
s'en apercevant, aborda un sujet qui fût moins déran-
geant pour tous.

Sans rien d'autre à faire que d'attendre l'heure de
partir, l'après-midi parut long aux deux jeunes filles
et, bien que Miss Edwards fût plutôt chagrinée que
sa mère fixât toujours l'heure du départ aussi tôt, elle
l'attendit néanmoins avec une certaine impatience.
L'arrivée du thé à sept heures fut un soulagement,
et par bonheur Mr et Mrs Edwards reprenaient toujours une tasse de thé et un muffin lorsqu'ils devaient
se coucher tard, ce qui prolongea la cérémonie
presque jusqu'à l'heure souhaitée. Peu avant huit
heures, on entendit passer la voiture des Tomlinson,
qui signalait toujours à Mrs Edwards le moment où
elle devait demander la sienne. Puis, en quelques
minutes, l'assemblée quitta la chaleur et le calme d'un
salon douillet pour l'agitation, le bruit et les courants
d'air d'un vaste vestibule d'auberge. Mrs Edwards,
prenant le plus grand soin de sa robe tout en veillant
avec encore plus de sollicitude à ce que le cou et les
épaules de ses jeunes protégées fussent en sécurité,
ouvrit la marche dans le grand escalier. Cependant,
à part les premiers grincements d'un violon, aucune
rumeur de bal ne vint charmer les oreilles de ses

suivantes, et Miss Edwards, qui s'était risquée, non sans quelque fébrilité, à demander au serveur s'il y avait déjà beaucoup de monde, s'entendit répondre, comme si elle s'y attendait, que «Mr Tomlinson et sa famille étaient arrivés». Alors qu'elles empruntaient une galerie assez courte menant à la salle de bal, tout illuminée devant elles, elles furent accostées par un jeune homme en tenue de ville et bottes qui se tenait dans l'embrasure d'une porte de chambre, dans le but manifeste de les voir passer.

— Ah! Mrs Edwards. Mes hommages, madame. Comment allez-vous, Miss Edwards? lança-t-il avec une certaine désinvolture. Je vois que vous tenez à arriver à l'heure, comme d'habitude. On vient tout juste d'allumer les bougies.

— Vous savez que j'aime avoir une bonne place près de la cheminée, Mr Musgrave, répondit Mrs Edwards.

— Je vais m'habiller d'un instant à l'autre, dit-il. J'attends mon idiot de valet. Nous aurons un bal mémorable. Les Osborne viendront, c'est certain. Vous pouvez compter là-dessus, car j'étais avec Lord Osborne ce matin même.

Elles passèrent leur chemin. La robe de satin de Mrs Edwards balaya le sol immaculé de la salle de bal jusqu'à la cheminée située en son extrémité, où seul un groupe d'invités avait formellement pris place, tandis que trois ou quatre officiers entraient et ressortaient nonchalamment de la salle de jeu adjacente. S'ensuivit un échange très froid entre ces proches voisins, et dès qu'ils se furent tous dûment réinstallés, Emma, à voix basse comme l'exigeait la solennité de la scène, dit à Miss Edwards :

— Le gentleman que nous avons croisé dans le couloir était donc Mr Musgrave ? On le dit remarquablement aimable, je crois.

Miss Edwards répondit avec hésitation :

— Oui, il est très apprécié par un grand nombre. Mais nous, nous ne sommes pas très intimes avec lui.

— Il est riche, n'est-ce pas ?

— Il dispose de huit à neuf cents livres par an, je crois. Il est entré en possession de cette rente lorsqu'il était très jeune, et mes parents pensent que cela l'a rendu plutôt instable. Ils ne l'apprécient guère.

L'air froid et vide de la salle, ainsi que la rigueur du petit groupe de femmes assemblées à l'une de ses extrémités, commencèrent bientôt à céder le pas. Le bruit encourageant d'autres voitures se fit entendre, puis l'on accueillit un défilé incessant de jeunes filles élégamment vêtues et chaperonnées par des dames corpulentes, parfois accompagnées d'un fringant jeune homme égaré qui, s'il n'était pas assez amoureux pour se poster aux côtés d'une belle, paraissait heureux de pouvoir s'échapper dans la salle de jeu. Parmi les militaires de plus en plus nombreux, l'un d'eux se fraya un chemin jusqu'à Miss Edwards avec un air d'*empressement*[1] qui, aux yeux de sa compagne, disait clairement : «Je suis le capitaine Hunter», et Emma, qui ne put s'empêcher de l'observer en pareil instant, la trouva assez troublée mais nullement contrariée et, lorsqu'elle entendit se former un engagement pour les deux premières danses, pensa que son frère ne pouvait plus avoir le moindre espoir.

Pendant ce temps, Emma elle-même ne passait pas inaperçue et n'était pas sans susciter une certaine admiration. Un nouveau visage, très joli de surcroît, ne pouvait être ignoré. On murmura son nom d'un groupe à l'autre, et aussitôt que l'orchestre eut donné le signal en attaquant un air en vogue qui semblait appeler les jeunes gens à leur devoir et enjoindre à tous de regagner le centre de la salle, Emma se trouva invitée à danser par un officier que lui présenta le capitaine Hunter. Emma Watson était d'une taille tout à fait moyenne, bien faite, potelée, et paraissait dotée d'une santé vigoureuse. Sa peau était mate, mais elle avait le teint net, soyeux, éclatant. Cela, ajouté à un regard vif, un sourire plein de douceur et une expression

---

1. En français dans le texte. (*Toutes les notes sont du traducteur.*)

franche, lui conférait une beauté séduisante et de l'expression pour que cette beauté se bonifiât quand on la connaissait. Emma n'ayant aucune raison de ne pas être satisfaite de son cavalier, la soirée commença de façon très plaisante pour elle. Elle était parfaitement d'accord avec ceux qui répétaient à l'envi que c'était un bal très réussi.

Les deux premières danses n'étaient pas terminées que se fit entendre, après une longue interruption, l'arrivée de nouvelles voitures, attirant ainsi l'attention générale tandis que toute la pièce bruissait de : «Les Osborne arrivent, les Osborne arrivent.» Après quelques minutes d'extraordinaire agitation au-dehors, et d'intense curiosité au-dedans, ces personnalités considérables, précédées d'un aubergiste attentif à ouvrir une porte qui n'était jamais fermée, firent leur apparition. Il y avait là Lady Osborne, son fils Lord Osborne, sa fille Miss Osborne ; Miss Carr, une amie de sa fille ; Mr Howard, qui avait été le précepteur de Lord Osborne et était à présent pasteur de la paroisse où se trouvait le château ; Mrs Blake, sa sœur veuve qui vivait avec lui, accompagnée de son fils, un beau petit garçon de dix ans, et Mr Tom Musgrave ; ce dernier, sans doute enfermé dans sa chambre, écoutait la musique avec une amère impatience depuis une demi-heure. Tandis qu'ils traversaient la pièce, ils s'arrêtèrent presque immédiatement derrière Emma

pour recevoir les compliments de quelque connaissance, et elle entendit Lady Osborne remarquer qu'ils
avaient tenu à venir tôt pour faire plaisir au jeune fils
de Mrs Blake, dont le goût pour la danse était hors du
commun. Emma les regarda passer l'un après l'autre,
mais surtout, et avec un intérêt particulier, Tom Musgrave, qui était assurément un jeune homme sédui-
sant et distingué. De toutes les femmes du groupe,
Lady Osborne était de loin la plus élégante ; bien
qu'elle approchât les cinquante ans, elle était très
belle et avait toute la dignité liée à son rang.

Lord Osborne était un jeune homme très distingué ;
mais il y avait chez lui une froideur, une indifférence,
voire une gaucherie qui semblaient indiquer qu'il
n'était pas à son aise dans une salle de bal. En fait, il
n'était venu que parce que l'on avait jugé opportun
qu'il flattât le voisinage. Il ne goûtait pas la compagnie des femmes et ne dansait jamais. Mr Howard était
d'un abord agréable et avait un peu plus de trente ans.

À la fin des deux danses, Emma se retrouva,
sans savoir comment, assise au milieu du cercle
des Osborne. Elle fut aussitôt frappée par la finesse
du visage et les gestes animés du petit garçon, qui
se tenait devant sa mère et demandait quand on
commencerait.

— L'impatience de Charles ne vous surprendra
plus, dit Mrs Blake, une petite femme vive et amène

de trente-cinq ou trente-six ans, à la dame qui se trouvait près d'elle, quand vous apprendrez qui sera sa cavalière. Miss Osborne a eu la grande bonté de lui promettre les deux premières danses.

— Oh oui! Elle s'y est engagée cette semaine, s'écria le garçon, et nous allons surpasser tous les autres couples.

De l'autre côté d'Emma, Miss Osborne, Miss Carr et un groupe de jeunes gens poursuivaient une conversation fort animée. Peu après, elle vit le plus élégant des officiers du groupe se diriger vers l'orchestre pour commander une danse tandis que Miss Osborne, en passant devant elle, disait en hâte à son impatient petit cavalier : «Charles, pardonnez-moi de ne pas tenir ma promesse, mais je vais accorder les deux prochaines danses au colonel Beresford. Je sais que vous voudrez bien m'excuser, et je vous promets de danser avec vous après le thé. »

Sans attendre de réponse, elle retourna auprès de Miss Carr et, une minute plus tard, le colonel l'emmenait pour ouvrir la danse. Si, dans son bonheur, le visage du garçon avait intéressé Emma, ce fut infiniment plus le cas après ce brusque revers. Il était devenu la déception incarnée, les joues écarlates, les lèvres tremblantes, les yeux baissés. Sa mère, ravalant sa propre humiliation, tenta d'adoucir la sienne en évoquant la seconde promesse de Miss Osborne.

Mais s'il parvint, dans un immense effort de bravoure enfantine, à murmurer : «Oh! Cela n'a pas d'importance», l'agitation incessante de ses traits indiquait tout le contraire. Au lieu de penser ou de réfléchir, Emma agit, d'instinct.

— Je serai très heureuse de danser avec vous, monsieur, si vous le voulez bien, dit-elle en lui tendant la main de la meilleure grâce du monde et sans la moindre affectation.

Le garçon, retrouvant en un instant toute son allégresse, lança un regard joyeux à sa mère et, s'avançant avec un honnête et simple «Merci, madame», fut aussitôt prêt à escorter sa nouvelle connaissance. Les remerciements de Mrs Blake furent plus fournis. Avec un regard qui exprimait toute sa joie imprévue et sa vive gratitude, elle se tourna vers sa voisine en se confondant en chaleureux remerciements pour tant de gentillesse et de bienveillance témoignées à son fils. En toute sincérité, Emma lui assura qu'elle ne pouvait donner plus grand plaisir que celui qu'elle éprouvait elle-même. Lorsque l'on eut pourvu Charles de ses gants en lui donnant pour consigne de ne pas les ôter, ils rejoignirent la ligne de danseurs qui se formait rapidement, presque aussi ravis l'un que l'autre.

Semblable association ne pouvait que créer la surprise. Elle valut à Emma un regard appuyé de la part de Miss Osborne et de Miss Carr lorsqu'elles passèrent devant elle en dansant.

— Ma parole, Charles, vous avez de la chance, dit celle-là en l'avisant, vous avez trouvé une meilleure cavalière que moi.

Et l'heureux Charles de répondre :

— Oui.

Tom Musgrave, qui dansait avec Miss Carr, lui lança à plusieurs reprises des regards inquisiteurs. Et peu après, Lord Osborne lui-même, sous prétexte de parler à Charles, s'approcha pour détailler sa cavalière. Bien qu'éprouvant une certaine gêne à se sentir ainsi observée, Emma ne regrettait en rien son geste, tant il avait rendu heureux aussi bien le petit garçon que sa mère. Cette dernière ne manquait d'ailleurs pas une occasion de s'adresser à elle avec la plus grande civilité qui fût. Emma découvrit que son petit cavalier, bien qu'il fût avant tout désireux de danser, ne refusait pas de parler quand ses questions ou ses remarques lui donnaient quelque chose à dire. Elle apprit ainsi au détour d'une sorte d'interrogatoire inévitable qu'il avait deux frères et une sœur, qu'eux et leur maman vivaient avec son oncle à Wickstead, que ce même oncle lui enseignait le latin, qu'il aimait beaucoup monter à cheval et en possédait un offert par Lord Osborne, et qu'il était déjà sorti une fois avec la meute de ce dernier.

Après cette série de danses, Emma apprit qu'on allait prendre le thé. À la manière dont Miss Edwards la mit en garde de rester à proximité, elle fut convaincue que Mrs Edwards tenait absolument à les avoir toutes les deux à ses côtés en entrant dans la pièce où l'on servait le thé. Elle se tenait donc sur le qui-vive, prête à rejoindre l'endroit qui lui serait assigné. L'assemblée avait toujours un certain plaisir à participer à la cohue qui se formait au moment d'aller se rafraîchir. On prenait le thé dans une petite pièce située à l'intérieur de la salle de jeu, et en traversant cette dernière, encombrée par les tables, Mrs Edwards et les deux jeunes filles se retrouvèrent bloquées quelques instants. Cela se produisit près de la table de Lady Osborne. Mr Howard, qui était de la partie, adressa la parole à son neveu. Se sentant l'objet de l'attention de Lady Osborne et de Mr Howard, Emma détourna le regard juste à temps pour feindre de ne pas entendre ce que son jeune compagnon chuchotait distinctement et avec ravissement : «Oh! Mon oncle, regardez comme ma cavalière est jolie!» Ils furent cependant aussitôt repris par la foule, et Charles fut entraîné sans avoir pu recueillir l'opinion de son oncle.

En entrant dans la salle du thé, ils aperçurent Lord Osborne, seul, au bout d'une des deux longues tables qui avaient été dressées. Il semblait s'être retiré du bal aussi loin que possible pour jouir de ses propres pensées et observer l'assistance à son aise. Charles le désigna aussitôt à Emma :

— Voilà Lord Osborne. Allons nous asseoir à côté de lui.

— Non, non, dit Emma en riant, il vous faut rester avec mes amies.

Charles se sentait maintenant assez libre pour hasarder à son tour quelques questions.

— Quelle heure est-il ?

— Onze heures.

— Onze heures ! Et je n'ai pas du tout sommeil ! Maman disait que je dormirais avant dix heures. Pensez-vous que Miss Osborne tiendra sa parole après le thé ?

— Oh, oui ! Je le crois.

Pourtant, force lui était de constater que Miss Osborne avait déjà failli à sa promesse une première fois.

— Quand viendrez-vous à Osborne Castle ?

— Sans doute jamais. Je ne connais pas les Osborne.

— Mais vous pourriez venir voir maman à Wickstead, et elle vous emmènerait au château. Ils ont un renard empaillé vraiment très curieux, ainsi qu'un blaireau. On jurerait qu'ils sont vivants. Ce serait dommage que vous ne les voyiez pas.

Quand on se leva, après le thé, on se bouscula à nouveau pour avoir le plaisir d'être le premier à sortir, et la cohue fut à son comble du fait qu'un ou deux groupes de joueurs, venant de terminer leur partie, voulurent aller dans le sens exactement opposé. Parmi eux se trouvait Mr Howard, qui donnait le bras à sa sœur. Dès qu'ils furent arrivés à la hauteur d'Emma, Mrs Blake attira son attention par une tape amicale et lui dit :

— Ma chère Miss Watson, vous avez été si bonne avec Charles que toute sa famille souhaite vous rencontrer. Permettez-moi de vous présenter mon frère, Mr Howard.

Emma fit la révérence, le monsieur s'inclina et s'empressa de lui faire l'honneur de lui accorder les deux danses suivantes, requête qui fut acceptée avec tout autant d'empressement. Ils furent aussitôt entraînés dans des directions opposées. Emma était ravie que tout se passât aussi bien. Il y avait chez Mr Howard une gaieté tranquille et des manières de gentleman qui n'étaient pas pour lui déplaire, et quelques minutes plus tard, elle donna encore plus de prix à son engagement quand, assise dans le salon de jeu et en partie dissimulée par une porte, elle surprit les propos que Lord Osborne, attablé à proximité, seul et oisif, lançait à Tom Musgrave :

— Pourquoi ne dansez-vous pas avec cette belle Emma Watson ? Je veux que vous dansiez avec elle, et je me posterai près de vous.

— Je m'apprêtais justement à le faire, monsieur. Je vais à l'instant me présenter pour danser avec elle.

— Oui, faites ainsi. Et si vous voyez qu'elle ne tient pas trop à ce qu'on lui fasse la conversation, vous pourrez me présenter.

— Très bien, monsieur. Mais si elle est comme ses sœurs, elle voudra seulement qu'on l'écoute. J'y vais de ce pas. Je la trouverai dans le salon où l'on sert le thé. Cette vieille bêcheuse de Mrs Edwards n'en a jamais fini de prendre le thé.

Il s'en alla, suivi de Lord Osborne, et Emma eut tôt fait de s'enfuir de son coin pour prendre la direction opposée, oubliant dans sa hâte qu'elle laissait Mrs Edwards derrière elle.

— Nous vous avions complètement perdue, dit Mrs Edwards qui la rejoignit, accompagnée de Mary, moins de cinq minutes plus tard. Si vous préférez cette pièce à l'autre, il n'y a aucune raison pour qu'on vous empêche d'y venir, mais il vaudrait mieux que nous restions ensemble.

Emma se vit épargner la peine d'avoir à présenter ses excuses, car à cet instant précis les rejoignit Tom Musgrave qui, demandant à haute voix à Mrs Edwards de lui faire l'honneur de le présenter à Miss Emma Watson, ne laissa sur ce point d'autre choix à la brave dame que de témoigner par la froideur de ses manières que c'était de mauvaise grâce qu'elle s'exécutait. Il sollicita sur-le-champ l'honneur de danser avec elle, et Emma, qui ne dédaignait pourtant pas de passer pour jolie, que ce fût auprès d'un lord ou d'un roturier, était si peu disposée à flatter Tom Musgrave qu'elle eut l'immense satisfaction de lui avouer son engagement antérieur.

Il en fut à l'évidence surpris et décontenancé. La nature de son précédent cavalier l'avait probablement amené à supposer qu'elle n'était pas assaillie de demandes.

— Mon jeune ami Charles Blake, s'écria-t-il, ne doit pas compter vous accaparer toute la soirée. Nous ne saurions le souffrir. Cela est contraire aux règles de nos soirées et, j'en suis convaincu, jamais notre excellente amie Mrs Edwards ne cautionnerait pareille conduite. Elle est un juge par trop scrupuleux des bienséances pour encourager une aussi dangereuse partialité.

— Ce n'est pas avec Mr Blake que je vais danser, monsieur.

Le jeune homme, un peu déconcerté, n'avait plus qu'à espérer avoir davantage de chance une prochaine fois. Manifestement peu désireux de la quitter, bien que son ami Lord Osborne attendît dans l'embrasure de la porte le résultat de sa demande, comme Emma s'en aperçut avec un certain amusement, il se mit à s'enquérir poliment de sa famille.

— Comment se fait-il que nous n'ayons pas le plaisir de voir vos sœurs ici ce soir? Elles réservent d'ordinaire un si bon accueil à nos réceptions que nous ne savons comment prendre cette défection.

— Ma sœur aînée est seule à la maison et elle ne pouvait quitter mon père.

— Miss Watson seule à la maison? Vous m'étonnez! Il me semble les avoir vues toutes les trois en ville pas plus tard qu'avant-hier. Mais je crains d'avoir été un piètre voisin ces derniers temps. Où que j'aille, on se plaint amèrement de ma négligence, et j'avoue à ma grande honte ne pas être allé à Stanton depuis fort longtemps. Mais je tâcherai désormais de faire amende honorable.

La sobre révérence que lui fit Emma en retour dut lui paraître bien différente des chaleureux encouragements auxquels ses sœurs l'avaient habitué, et lui procura probablement le sentiment, inédit chez lui, de douter de son propre pouvoir et de souhaiter plus d'attention qu'elle ne lui en accordait. La danse reprit alors. Comme Miss Carr était impatiente de choisir l'air, on demanda à chacun de se lever, et la curiosité de Tom Musgrave fut satisfaite quand il vit Mr Howard s'avancer pour réclamer la main d'Emma.

— Qu'à cela ne tienne, fit remarquer Lord Osborne quand son ami lui rapporta la nouvelle, et il ne quitta pas Howard d'une semelle pendant les deux danses.

La fréquence de ses apparitions était le seul aspect déplaisant de son engagement, la seule objection qu'elle pût opposer à Mr Howard. En lui-même, elle le trouvait aussi agréable qu'il le paraissait. S'il n'abordait dans sa conversation que de simples banalités, il s'exprimait sans affectation et avec beaucoup de bon sens, ce qui rendait ses moindres propos dignes d'intérêt. Elle regrettait seulement qu'il n'eût pas réussi à rendre les manières de son élève aussi irréprochables que les siennes. Les deux danses lui parurent bien courtes et son partenaire ne contredit pas son impression. Quand elles prirent fin, les Osborne et leur suite étaient sur le départ.

— Nous partons enfin, dit Lord Osborne à Tom. Combien de temps comptez-vous rester en ce merveilleux endroit? Jusqu'à l'aube?

— Ma foi, non, monsieur, c'en est bien assez. Soyez certain qu'on ne me reverra plus ici une fois que j'aurai eu l'honneur de raccompagner Lady Osborne à sa voiture. Je me retirerai le plus discrètement possible dans le coin le plus reculé de l'auberge, et je me commanderai une bourriche d'huîtres. Je serai fameusement bien.

— Voyons-nous bientôt au château. Vous me direz à quoi elle ressemble à la lumière du jour.

Emma et Mrs Blake se quittèrent comme deux vieilles amies, et Charles lui serra la main en lui disant

« au revoir » une bonne douzaine de fois. Quant à
Miss Osborne et Miss Carr, elles la gratifièrent d'une
vague révérence crispée en passant devant elle. Lady
Osborne elle-même lui adressa un regard bienveillant,
et une fois tous les autres sortis, son fils n'hésita pas à
revenir « la prier de l'excuser » et chercher, sur le siège
situé près de la fenêtre derrière elle, des gants que l'on
pouvait pourtant voir pressés dans sa main.

Comme on ne revit pas Tom Musgrave, il nous
faut supposer que son plan réussit, et l'imaginer se
morfondant avec sa bourriche d'huîtres, dans une
affreuse solitude – ou au bar, aidant joyeusement la
propriétaire à préparer davantage de négus pour les
heureux danseurs à l'étage au-dessus. Emma ne put
s'empêcher de regretter ces gens qui l'avaient dis-
tinguée, même de manière déplaisante à certains
égards, et les deux danses qui suivirent et conclurent
le bal lui semblèrent assez fades en comparaison
de celles qui avaient précédé. Mr Edwards ayant eu
de la chance au jeu, ils furent parmi les derniers à
quitter la pièce.

— Et voilà, nous sommes de retour, dit Emma tris-
tement en entrant dans la salle à manger où la table
était dressée et où une domestique à la tenue soignée
était en train d'allumer les bougies. Ma chère Miss
Edwards, tout cela a passé bien vite ! J'aimerais que
tout puisse recommencer !

On se félicita longuement et chaleureusement qu'elle eût tant apprécié la soirée, et Mr Edwards ne mit pas moins d'enthousiasme à louer le succès, l'éclat et la gaieté de cette réception, même si, dans la mesure où il était resté cloué toute la soirée à la même table, dans la même pièce, et s'était contenté de changer de chaise une seule fois, on pouvait douter qu'il en eût perçu grand-chose. Mais comme il avait gagné quatre robres sur cinq, tout allait bien. Sa fille mesura les avantages de cette bonne humeur au cours des remarques et examens rétrospectifs qui accompagnèrent le potage, fort attendu.

— Comment se fait-il que vous n'ayez dansé avec aucun des Tomlinson, Mary? demanda sa mère.

— J'étais toujours prise quand ils m'invitaient.

— Je pensais que vous deviez danser les deux dernières danses avec Mr James. Aux dires de Mrs Tomlinson, il était allé vous inviter, et je vous avais entendue dire deux minutes plus tôt que vous étiez libre.

— En effet… Mais c'était une erreur. J'avais mal compris. J'ignorais que j'étais prise. Je croyais que c'était pour les deux danses suivantes, si nous étions restés plus longtemps. Mais le capitaine Hunter m'a assuré que c'était pour ces deux-là.

— Ainsi, vous avez terminé le bal avec le capitaine Hunter, Mary, c'est bien cela? demanda son père. Et avec qui l'avez-vous ouvert?

— Avec le capitaine Hunter, répéta-t-elle d'un ton fort humble.

— Hum ! C'est ce qu'on appelle de la constance, en tout cas. Mais avec qui d'autre avez-vous dansé ?

— Mr Norton et Mr Styles.

— Et qui sont-ils ?

— Mr Norton est un cousin du capitaine Hunter.

— Et qui est Mr Styles ?

— Un de ses amis intimes.

— Ils appartiennent tous au même régiment, ajouta Mrs Edwards. Mary a été entourée d'habits rouges toute la soirée. Je dois avouer que j'aurais pré-féré la voir danser avec quelques-uns de nos voisins de longue date.

— Certes, certes, il ne faut pas négliger nos vieux voisins. Mais si ces soldats sont plus rapides que d'autres dans une salle de bal, que peuvent bien faire les jeunes filles ?

— Je pense que ce n'est pas une raison pour réser-ver tant de danses à l'avance, très cher.

— Non, peut-être pas. Mais je me souviens d'un temps où nous ne faisions pas autre chose, ma chérie.

Mrs Edwards se tut et Mary respira à nouveau. S'en-suivirent maints propos aimables, et Emma s'en alla se coucher de charmante humeur, la tête pleine des Osborne, des Blake et des Howard.

Le lendemain matin amena de nombreux visiteurs. Un usage en vigueur localement voulait que l'on rendît visite à Mrs Edwards les lendemains de bal et, en la circonstance, cette propension au bon voisinage était encore renforcée par la curiosité générale qu'inspirait Emma, car chacun voulait revoir la jeune fille qui, la veille, avait suscité l'admiration de Lord Osborne.

Nombreux furent les yeux qui l'examinèrent, et fort divers les jugements qui s'ensuivirent. Certains ne lui trouvaient aucun défaut, d'autres, aucune grâce. Pour les uns son teint mat annulait tous ses charmes, pour d'autres il était inconcevable de la trouver ne fût-ce que moitié aussi belle qu'Elizabeth Watson dix ans auparavant. La matinée passa tranquillement à discuter des mérites du bal, et Emma fut tout à coup bien étonnée de voir qu'il était deux heures et qu'elle n'avait toujours pas eu de nouvelles de la voiture de son père. Après cette découverte, elle était allée à la fenêtre regarder dans la rue à deux reprises et s'apprêtait à demander la permission de sonner pour se renseigner quand le bruit d'une voiture légère vint la rassurer. Elle retourna à la fenêtre, mais au lieu de l'équipage commode mais fort peu distingué de sa famille, avisa un élégant cabriolet. On annonça peu après Mr Musgrave. En entendant ce nom, Mrs Edwards prit son air le plus guindé. Nullement découragé par cet accueil glacial, Tom Musgrave présenta ses hommages à chacune des dames avec aisance mais aussi bienséance, puis s'adressa à Emma pour lui présenter un billet qu'il avait l'honneur de lui porter de la part de sa sœur, mais auquel, fit-il observer, il devait ajouter un post-scriptum oral.

Ce billet, dont Emma commença la lecture avant même que Mrs Edwards ne l'eût priée de ne point faire de cérémonie, contenait quelques lignes rédigées par Elizabeth où elle annonçait que leur père, se sentant beaucoup mieux que d'habitude, avait pris la soudaine décision d'honorer ce jour-là ses visites pastorales et que, comme sa route passait fort loin de R***, elle ne pourrait rentrer à la maison avant le lendemain matin, à moins que les Edwards ne la fissent raccompagner (ce que l'on ne pouvait guère envisager), qu'elle pût trouver quelque autre voiture, ou qu'elle ne vît pas d'inconvénient à faire tout ce chemin à pied.

À peine avait-elle parcouru la totalité du billet qu'elle se trouva contrainte d'écouter la suite du discours de Tom Musgrave :

— J'ai reçu ce billet des belles mains de Miss Watson il y a dix minutes à peine, dit-il. Je l'ai rencontrée dans le village de Stanton, où ma bonne étoile m'avait fait conduire mes chevaux. Elle était alors en quête d'une personne à qui confier cette course, et je l'ai par bonheur convaincue qu'elle ne pourrait trouver de messager mieux disposé et plus rapide que moi. Vous remarquerez que je n'ai rien dit de mon désintéressement. Ma récompense viendra du plaisir que j'aurai à vous ramener à Stanton dans mon cabriolet. Bien qu'ils ne soient pas écrits, je vous rapporte néanmoins là aussi les ordres de votre sœur.

Emma était contrariée. Cette proposition ne lui plaisait pas – elle ne souhaitait aucune intimité avec celui qui la formulait. Cependant, craignant autant d'abuser des Edwards qu'elle désirait rentrer chez elle, elle ne savait comment décliner tout à fait cette offre. Mrs Edwards gardait le silence, soit qu'elle ne comprît pas ce qui se tramait, soit qu'elle attendît de voir où allait la préférence de la jeune fille. Emma le remercia, mais déclara ne pas souhaiter lui causer tant de dérangement. Lui n'y voyait bien sûr aucun dérangement, mais plutôt un honneur, un plaisir, un délice. Qu'avaient-ils d'autre à faire, lui et ses chevaux ? Et pourtant, elle hésitait. Elle le priait instamment de bien vouloir l'excuser mais elle croyait devoir refuser son aide. Elle avait un peu peur de ce genre de voiture. La distance n'était pas si grande qu'elle ne pût la parcourir à pied. Mrs Edwards sortit de son silence. Elle demanda des précisions et dit :

— Miss Emma, nous serons extrêmement heureux si vous nous accordez le plaisir de votre compagnie jusqu'à demain. Mais si vous y voyez un inconvénient, notre voiture est à votre entière disposition, et Mary sera ravie d'avoir l'occasion de revoir votre sœur.

C'était exactement ce qu'Emma espérait, et elle accepta cette offre avec beaucoup de gratitude, expliquant que comme Elizabeth était toute seule à la maison, elle souhaitait être de retour avant le dîner. Leur visiteur s'opposa vivement à ce projet.

— Décidément, je ne saurais le souffrir. Je ne puis être privé du bonheur de vous raccompagner. Je vous assure, vous n'avez rien à craindre de mes chevaux. Vous pourriez les guider seule. Vos sœurs elles-mêmes savent à quel point ils sont paisibles. Aucune d'entre elles n'aurait le moindre scrupule à me faire confiance, même sur un champ de courses. Croyez-moi, ajouta-t-il en baissant la voix, vous êtes en parfaite sécurité, moi seul suis en danger.

Emma n'en était pas pour autant davantage disposée à l'obliger.

— Quant à utiliser la voiture de Mrs Edwards le lendemain d'un bal, c'est contraire à toutes les règles, je vous assure. Cela ne s'est jamais vu. Le cocher verra aussi rouge que ses chevaux sont noirs. N'est-ce pas, Miss Edwards?

Personne ne releva ses propos. Ces dames restant résolument muettes, le gentleman n'eut d'autre choix que de capituler.

— Quel fameux bal nous avons eu hier soir! s'écria-t-il après une courte pause. Combien de temps êtes-vous restée après que les Osborne et moi sommes partis?

— Nous avons eu encore deux danses.

— C'est bien fatigant, je trouve, de rester si tard. L'assemblée ne devait plus être très fournie, je présume.

— Si, plus fournie que jamais, à part les Osborne. Il semblait ne plus y avoir la moindre place libre, et tout le monde a dansé avec un rare entrain jusqu'à la toute fin, dit Emma, non sans aller contre sa conscience.

— Vraiment! Si j'avais su tout cela, peut-être serais-je revenu faire un tour en votre honneur. En vérité, je ne déteste pas danser. Miss Osborne est une jeune fille charmante, n'est-ce pas?

— Je ne la trouve pas belle, répondit Emma, à qui ce discours était principalement destiné.

— Elle n'est peut-être pas d'une exceptionnelle beauté, mais ses manières sont délicieuses. Et Fanny Carr est une petite personne des plus intéressante. On ne saurait imaginer plus *naïve*[1] ou plus *piquante*[2]. Et que pensez-vous de Lord Osborne, Miss Watson?

---

1. En français dans le texte.
2. En français dans le texte.

— Il serait beau quand bien même il ne serait pas lord – et peut-être mieux élevé ; davantage désireux de plaire, de manifester son contentement quand la bienséance le demande.

— Ma parole, vous êtes bien sévère avec mon ami ! Je vous assure que Lord Osborne est un brave homme.

— Je ne discute pas ses vertus. Mais je n'aime pas son air dilettante.

— Si ce n'était là trahir sa confiance, répondit Tom en prenant un air important, peut-être pourrais-je vous convaincre d'avoir une meilleure opinion de ce pauvre Osborne.

Emma ne l'encourageant nullement, il dut garder le secret de son ami. Il lui fallut également mettre fin à sa visite car, Mrs Edwards ayant demandé sa voiture, Emma n'avait pas de temps à perdre pour se préparer. Miss Edwards la raccompagna à Stanton, mais comme il était l'heure du dîner, elle ne resta avec les deux sœurs que quelques minutes.

— Alors, ma chère Emma, dit Miss Watson dès qu'elles furent seules, vous allez devoir parler toute la journée sans vous arrêter, ou je ne serai pas satisfaite. Mais d'abord, il faut que Nanny apporte le dîner. Ma pauvre ! Vous n'allez pas manger aussi bien qu'hier, car nous n'avons que du bœuf frit. Comme Mary Edwards est jolie dans sa nouvelle pelisse ! Et maintenant, racontez-moi comment vous les avez trouvés, et ce que je dois dire à Sam. J'ai commencé ma lettre ; Jack Stones doit passer la chercher demain, car son oncle se rend à un mile de Guildford après-demain.

Nanny apporta le dîner.

— Nous nous servirons nous-mêmes, poursuivit Elizabeth, afin de ne pas perdre de temps. Alors, vous n'avez pas voulu rentrer avec Tom Musgrave ?

— Non. Vous m'en aviez tant dit à son sujet que je ne pouvais souhaiter ni l'obligation, ni la proximité qu'eût impliquées l'utilisation de sa voiture. Je n'aurais même pas voulu que cela en eût l'air.

— Vous avez fort bien fait. Toutefois, votre refus m'étonne et je ne crois pas que j'en aurais été capable. Il semblait si désireux d'aller vous chercher que je n'ai pu lui dire non, même si j'étais contrariée à l'idée de provoquer ce rapprochement, tant je connais tous ses tours. Mais il me tardait de vous voir, et c'était une habile façon de vous faire rentrer. Par ailleurs, il ne faut pas être trop exigeant. Personne n'aurait cru que les Edwards te prêteraient leur voiture alors que les chevaux étaient sortis si tard. Mais que dois-je dire à Sam ?

— Si vous voulez mon avis, vous ne devriez point l'encourager à songer à Miss Edwards. Son père est tout à fait contre lui, sa mère lui est défavorable, et je doute que Mary s'intéresse à lui. Elle a dansé deux fois avec le capitaine Hunter et, dans l'ensemble, l'encourage autant que l'y autorisent son tempérament et les circonstances dans lesquelles elle se trouve. Elle a bien mentionné Sam une fois, non sans un certain trouble il est vrai, mais peut-être était-ce parce qu'elle avait conscience de lui plaire, ce dont elle a probablement eu connaissance.

— Mon Dieu, oui! Elle nous en a assez entendu parler. Pauvre Sam! Comme d'autres, il n'a pas de chance. Décidément, Emma, je ne peux m'empêcher de compatir avec ceux qui sont malheureux en amour. Bon, ne tardez plus, et faites-moi le récit de tout ce qui est arrivé.

Emma obéit, et Elizabeth l'écouta sans guère l'interrompre jusqu'au moment où elle apprit que Mr Howard avait été son cavalier.

— Vous avez dansé avec Mr Howard? Juste ciel, vous m'en direz tant! Il est certain qu'il compte parmi les grands de ce monde. Ne vous a-t-il pas paru hautain?

— Ses manières sont de celles qui me mettent davantage à l'aise et en confiance que celles de Tom Musgrave.

— Allons bon, poursuivez. Moi, j'aurais été terrifiée d'être de près ou de loin mêlée au clan des Osborne.

Emma termina son récit.

— Vous n'avez donc pas du tout dansé avec Tom Musgrave? Mais il a dû vous plaire, il n'a pu vous laisser insensible.

— Il me déplaît au plus au point, Elizabeth. Je reconnais qu'il est beau de sa personne et qu'il a une certaine allure. Ses manières, dans une certaine mesure, ou plutôt son abord, sont agréables. Mais je ne vois rien d'autre à admirer chez lui. Au contraire, il me paraît parfaitement vaniteux, très suffisant, absurdement soucieux de se faire remarquer, et tout à fait méprisable dans certains des efforts qu'il met en œuvre pour y parvenir. Il y a chez lui quelque chose de ridicule qui me divertit, mais sa compagnie ne me procure aucune autre émotion plaisante.

— Ma très chère Emma! Vous êtes à nulle autre pareille. C'est une bonne chose que Margaret ne soit pas ici. Moi, vous ne m'offensez pas, même si j'ai le plus grand mal à vous croire. Mais Margaret ne vous pardonnerait jamais de telles paroles.

— J'aurais aimé que Margaret l'entende quand il a déclaré ignorer qu'elle ne se trouvait plus ici. Il a dit qu'il lui semblait l'avoir vue il y a deux jours à peine.

— En effet, cela lui ressemble bien. Et pourtant, c'est bien lui qu'elle s'imagine désespérément amoureux d'elle. Je ne l'apprécie guère, vous le savez, Emma. Mais vous ne pouvez pas ne pas le trouver charmant. Pouvez-vous, la main sur le cœur, me jurer le contraire? — Oui, assurément. Et même les deux mains sur le cœur, grandes ouvertes.

— Je serais curieuse de savoir quel homme vous trouvez charmant.

— Il s'appelle Howard.

— Howard! Seigneur, je ne puis me le figurer autrement qu'en train de jouer aux cartes avec Lady Osborne, affichant un air orgueilleux. Je suis toutefois soulagée, il me faut l'admettre, de vous entendre ainsi parler de Tom Musgrave. J'appréhendais qu'il ne vous plaise un peu trop. Vous sembliez à l'avance si sûre de vous que je craignais sérieusement que votre vantardise ne fût punie. J'espère seulement que cela durera et qu'il ne prêtera pas trop attention à vous. Il est bien difficile pour une femme de résister aux flatteries d'un homme résolu à lui plaire.

Tandis qu'elles achevaient ainsi leur petit dîner en bavardant paisiblement, Miss Watson ne put s'empêcher de faire remarquer combien il avait été agréable.

— Je suis tellement ravie, dit-elle, que tout se passe dans la sérénité et la bonne humeur. Nul ne peut dire à quel point je déteste les chamailleries. Là, même si nous n'avons mangé que du bœuf grillé, comme tout m'a paru bon! Je voudrais que tout le monde fût aussi facile à satisfaire que vous. Mais cette pauvre Margaret est très hargneuse, et Penelope reconnaît qu'une dispute est, selon elle, toujours mieux que rien du tout.

Mr Watson rentra dans la soirée, et comme il ne se portait pas plus mal après les fatigues de la journée, il se dit content de tout ce qu'il avait fait, et heureux d'en parler au coin du feu.

Emma n'avait pas prévu que les détails d'une visite pastorale pussent présenter pour elle le moindre intérêt. Mais quand elle apprit que Mr Howard en avait été le prédicateur et qu'il avait prononcé un excellent sermon, elle ne put s'empêcher d'écouter avec une oreille plus attentive.

— Je ne me rappelle pas avoir entendu un discours qui s'accordât si bien à mes idées, poursuivit Mr Watson, ou qui fût aussi bien dit. Il lit à la perfection et avec une grande maîtrise, propre à marquer les esprits ; et en même temps, sans la moindre grimace ni agressivité théâtrales. Je l'avoue, je ne goûte guère les gesticulations en chaire. Je n'aime pas cet air affecté et ces inflexions artificielles de la voix que se donnent généralement les prédicateurs les plus populaires et les plus admirés. Une élocution simple, au contraire, est de nature à inspirer la dévotion, et le signe d'un meilleur goût. Mr Howard a lu son prêche en érudit et en gentleman.

— Et qu'avez-vous eu à dîner, monsieur ? lui demanda sa fille aînée.

Il leur décrit les plats servis, et ce qu'il avait lui-même mangé.

— En somme, ajouta-t-il, j'ai passé une journée fort agréable. Mes amis furent bien étonnés de me voir parmi eux, et je dois dire que tous se sont montrés pleins d'égards à mon endroit et ont paru désolés de mon infirmité. Ils ont tenu à ce que je m'assoie près du feu, et comme les perdreaux étaient assez faisandés, le Dr Richard a insisté pour qu'on les fît porter à l'autre bout de la table pour qu'ils ne risquent pas de m'incommoder, ce que j'ai trouvé fort aimable de sa part. Mais ce qui m'a le plus fait plaisir, ce sont les attentions de Mr Howard. Il faut, pour rejoindre la pièce où nous dînons, gravir un escalier fort raide qui ne convient pas du tout à mon pied goutteux. Et Mr Howard m'a accompagné de la première à la dernière marche, en insistant pour que je lui prenne le bras. J'ai trouvé remarquable qu'un homme si jeune fît montre d'une telle prévenance, d'autant que je n'étais pas en droit d'attendre quoi que ce fût de lui, ne l'ayant jamais vu auparavant. À propos, il m'a demandé des nouvelles de l'une de mes filles, mais je ne sais plus laquelle. Je suppose que vous savez de qui il s'agit.

*

Le troisième jour après le bal, à trois heures moins cinq, Nanny commençait à s'activer dans le salon avec le plateau et la boîte à couteaux lorsqu'elle fut soudain appelée à la porte d'entrée par un petit coup sec aussi vif que celui d'un manche de cravache, et bien que Miss Watson lui eût donné pour consigne de ne laisser entrer personne, elle revint trente secondes plus tard, l'air ennuyé et embarrassé, pour ouvrir la porte du salon à Lord Osborne et Tom Musgrave. On peut imaginer la surprise des jeunes filles. Aucun visiteur n'eût été le bienvenu en pareil moment, mais des visiteurs de cette nature, du moins Lord Osborne, un aristocrate qui leur était inconnu – voilà qui était affligeant. Lui-même paraissait un peu gêné car, lorsque son ami volubile et détendu l'eut présenté, il bredouilla confusément qu'il souhaitait avoir l'honneur de présenter ses respects à Mr Watson. Bien qu'Emma ne pût que s'attribuer les honneurs d'une telle visite, elle était bien loin de s'en réjouir. Elle sentait tout le décalage qu'il y avait entre une telle connaissance et le très modeste train de vie auquel ils étaient contraints. Ayant été habituée chez sa tante à nombre de raffinements quotidiens, elle était pleinement consciente de tout ce que des gens plus fortunés pourraient trouver de ridicule dans son actuelle maison. De ces douloureux sentiments, Elizabeth ignorait presque tout. Son esprit plus simple, ou un tempérament plus raisonné, lui épargnait de telles mortifications, et si elle souffrait d'un sentiment général d'infériorité, elle ne ressentait aucune honte particulière. Comme Nanny l'avait déjà indiqué à ces messieurs, Mr Watson ne se sentait pas assez bien pour descendre. Affichant un air navré, ils s'assirent ; Lord Osborne à côté d'Emma, et l'obligeant Mr Musgrave, ravi de sa propre importance, de l'autre côté de la cheminée, avec Elizabeth. Si ce dernier n'était jamais à court de sujets de conversation, Lord Osborne, après s'être assuré qu'Emma n'avait pas pris froid au bal, n'eut rien d'autre à dire pendant quelque temps, et il ne lui resta plus qu'à se régaler les yeux en jetant de temps en temps un regard à sa belle voisine.

Emma n'était pas disposée à se donner beaucoup de mal pour le distraire, et, après avoir mis son esprit à rude épreuve, il finit par remarquer qu'il faisait très beau, puis demanda :

— Êtes-vous allées vous promener ce matin ?

— Non, monsieur. Nous avons jugé que c'était trop boueux.

— Vous devriez porter des bottines.

Puis, après une nouvelle pause :

— Rien ne sied mieux à une jolie cheville que des bottines. En nankin, avec des couvre-chaussures noirs, c'est très gracieux. N'aimez-vous pas les bottines ?

— Si. Mais à moins d'être si robustes que leur élégance en soit sacrifiée, elles ne conviennent pas aux promenades à la campagne.

— Les dames devraient aller à cheval par mauvais temps. Montez-vous ?

— Non, monsieur.

— Je m'étonne que toutes les dames ne montent pas à cheval. Une femme n'est jamais plus belle qu'à cheval.

— Mais toutes n'en ont peut-être pas le goût, ni les moyens.

— Si elles savaient comme cela leur va bien, elles en auraient toutes le goût, et j'imagine, Miss Watson, qu'une fois qu'elles y auraient pris goût, les moyens suivraient vite.

— Votre Seigneurie pense que nous parvenons toujours à nos fins. C'est là un point sur lequel hommes et femmes ont longtemps été en désaccord. Sans avoir la prétention d'en décider, je puis dire qu'il est des circonstances que même les dames ne sauraient maîtriser. Le sens féminin de l'économie peut faire beaucoup, monsieur, mais il ne saurait accroître un petit revenu.

Lord Osborne fut réduit à quia. Emma ne s'était montrée ni sentencieuse ni sarcastique, mais quelque chose dans la douceur de son sérieux, ainsi que dans ses propos eux-mêmes, donna à réfléchir à Sa Seigneurie. Aussi, quand il s'adressa de nouveau à elle, l'extrême complaisance dont il fit preuve n'avait plus rien à voir avec l'audace mêlée de maladresse de ses remarques précédentes. C'était pour lui chose nouvelle que de désirer plaire à une femme. C'était pour lui la toute première fois qu'il ressentait ce que l'on devait à une femme dans la situation d'Emma. Mais comme il ne manquait ni de bon sens ni de bonnes dispositions, il ne le ressentit pas en vain.

— J'ai cru comprendre que vous n'étiez pas dans la région depuis longtemps, dit-il sur le ton d'un gentleman. J'espère que vous vous y plaisez.

Emma le gratifia d'une réponse aimable et lui accorda une vue plus généreuse et plus complète de son visage qu'elle n'avait jusque-là consenti à le faire. Peu habitué à l'effort et heureux de la contempler, il demeura silencieux pendant plusieurs minutes tandis que Tom Musgrave bavardait avec Elizabeth, jusqu'à ce qu'ils fussent interrompus par l'arrivée de Nanny qui, passant la tête dans l'entrebâillement de la porte qu'elle avait ouverte, dit :

— Mes excuses, madame, mais monsieur veut savoir pourquoi donc il ne peut point avoir son dîner.

Les messieurs, qui jusqu'ici avaient ignoré tous les signes, fussent-ils évidents, de l'imminence de ce repas, se levèrent alors d'un bond en se confondant en excuses, tandis qu'Elizabeth ordonnait aussitôt à Nanny de «dire à Betty de monter les volailles».

— Je suis désolée qu'il en soit ainsi, dit-elle en se tournant gaiement vers Musgrave, mais vous savez que nous dînons tôt.

Comme il le savait parfaitement, Tom ne trouva rien à redire, et une simplicité si honnête, tant de candeur ingénue ne pouvaient que le déconcerter. Les adieux de Lord Osborne se prolongèrent un certain temps, et à mesure qu'approchait le moment où il ne pourrait plus le faire, il semblait davantage disposé à parler. Il recommanda l'exercice malgré la boue, fit à nouveau l'éloge des bottines, plaida pour que sa sœur fût autorisée à envoyer à Emma le nom de son bottier, et conclut en disant :

— Mes chiens chasseront dans les environs la semaine prochaine. Je crois que la battue doit débuter à Stanton Wood mercredi à neuf heures. Si je le mentionne, c'est dans l'espoir que vous veniez voir ce qui se passe. Si le temps n'est pas trop mauvais, faites-nous l'honneur, je vous prie, de venir nous souhaiter bonne chance en personne.

Une fois leurs visiteurs partis, les deux sœurs se regardèrent avec stupéfaction.

— En voilà un honneur inexplicable ! s'écria enfin Elizabeth. Qui aurait imaginé que Lord Osborne viendrait à Stanton ? Il est très beau. Mais Tom Musgrave est sans conteste le plus élégant et le plus à la mode des deux. Je suis bien contente qu'il ne m'ait rien dit. Pour rien au monde je n'aurais voulu parler à un si grand personnage. Tom a été très agréable, n'est-ce pas ? Mais l'avez-vous entendu demander, à son

arrivée, où se trouvaient Miss Penelope et Miss Margaret? Cela m'a horripilée. Je suis contente, cependant,
que Nanny n'ait pas mis la nappe, cela aurait été bien
embarrassant. Le plateau, tout seul, importait peu.

Prétendre qu'Emma n'avait pas été flattée par la
visite de Lord Osborne serait affirmer une chose bien
improbable et décrire une jeune fille fort étrange.
Mais son plaisir n'était pas du tout sans mélange. La
venue de Lord Osborne était une sorte de distinction
qui pouvait flatter sa vanité mais froissait son orgueil,
et elle eût préféré savoir qu'il désirait lui rendre visite
mais ne prenait pas cette liberté, plutôt que de le voir
à Stanton. Parmi d'autres réflexions désagréables,
il lui vint une fois à l'esprit de se demander pourquoi Mr Howard n'avait pas usé du même privilège
pour venir et n'avait pas accompagné Lord Osborne.
Mais elle voulut croire qu'il n'en avait rien su, ou bien
qu'il n'avait pas souhaité s'associer à une démarche
qui, dans sa forme, comportait autant d'impertinence
que de bonne éducation. Mr Watson fut tout sauf ravi
en apprenant ce qui s'était passé. Un peu bougon
en raison de ses douleurs, il était peu disposé à se
montrer satisfait, et répondit :

— Allons bon ! Quelle raison pouvait bien avoir
Lord Osborne de venir ? Voilà quatorze ans que j'ha-
bite ici, et personne dans sa famille n'avait pris la
peine de me remarquer. Ce doit être une facétie de ce

bon à rien de Tom Musgrave. Je ne puis rendre cette visite. Je le pourrais, que je ne le ferais point.

Quand on revit Tom Musgrave, on lui confia un message à transmettre au château dans lequel Mr Watson s'excusait au motif plus que suffisant de sa mauvaise santé.

Après cette visite, une semaine ou dix jours s'écoulèrent paisiblement avant que la moindre animation ne vînt troubler, ne fût-ce qu'une demi-journée, le commerce paisible et affectueux des deux sœurs, dont l'estime réciproque ne faisait que grandir à mesure qu'elles apprenaient à mieux se connaître. Le premier événement à avoir troublé cette sérénité fut l'arrivée d'une lettre de Croydon leur annonçant le retour imminent de Margaret ainsi qu'une visite de deux ou trois jours de Mr et Mrs Robert Watson, qui se chargeaient de la ramener à la maison et souhaitaient voir leur sœur Emma. Cette perspective avait de quoi occuper l'esprit des deux sœurs à Stanton, et les heures de l'une d'entre elles au moins, car Jane étant née riche, les préparatifs requis pour la distraire étaient considérables. Et comme Elizabeth avait toujours tenu la maison avec davantage de bonne volonté que de méthode, elle ne pouvait rien changer sans remue-ménage.

Une absence de quatorze ans avait fait de tous ses frères et sœurs des étrangers pour Emma, mais la perspective de rencontrer Margaret lui inspirait autre chose que la gêne causée par cet éloignement. Elle avait entendu des choses qui lui faisaient craindre son retour, aussi lui semblait-il que cette visite signerait la fin probable d'à peu près tout ce qui lui avait paru agréable dans cette maison.

Robert Watson était avoué à Croydon, et ses affaires étaient florissantes ; il en était très satisfait, ainsi que d'avoir épousé la fille unique de l'avoué dont il avait été le clerc, pourvue de six mille livres. Mrs Robert n'était pas moins fière d'avoir hérité de ces six mille livres, et de posséder maintenant à Croydon une maison très élégante où elle donnait des fêtes distinguées et portait de belles toilettes. Il n'y avait chez elle rien de remarquable, et ses manières étaient impertinentes et vaniteuses. Margaret n'était pas sans charme ; elle avait une silhouette fine et gracieuse, et péchait davantage par l'expression de son visage que par ses traits. Mais son air abrupt et inquiet faisait que l'on percevait peu sa beauté. En voyant sa sœur si longtemps absente, et comme chaque fois qu'elle était en société, ses manières furent des plus affectueuses et sa voix pleine de douceur, des sourires continus et une élocution très lente étant ses ressources favorites quand elle était résolue à plaire.

Elle était si «ravie de revoir sa chère, chère Emma» qu'elle avait le plus grand mal à prononcer un mot par minute. «Je suis sûre que nous serons de grandes amies», fit-elle observer avec une émotion appuyée une fois qu'elles furent assises côte à côte. Emma ne savait guère comment répondre à pareille proposition, et pour ce qui était de la manière dont elle avait été énoncée, elle eût été en peine de l'imiter. Quant à Mrs Robert Watson, elle l'observait avec un mélange de curiosité peu discrète et de compassion triomphante. Au moment de rencontrer Emma, la perte de la fortune de sa tante dominait ses pensées, et elle ne put s'empêcher de penser qu'il valait mieux être la fille d'un gentleman fortuné de Croydon que la nièce d'une vieille femme qui s'était jetée au cou d'un capitaine irlandais.

Robert affichait l'amabilité convenue qui sied à un homme prospère et à un frère. Il se préoccupa bien davantage de régler le postillon, de s'insurger sur l'augmentation exorbitante des tarifs et de chicaner sur une demi-couronne litigieuse que d'accueillir une sœur qui, désormais, ne risquait plus d'avoir le moindre bien à administrer.

— La route qui traverse le village est indigne, Elizabeth, dit-il, pire qu'elle ne l'a jamais été. Seigneur! J'intenterais un procès si je vivais par ici. Qui est en charge de la voirie à présent?

Il y avait à Croydon une petite-nièce dont Elizabeth, qui avait bon cœur, s'enquit tendrement tout en regrettant beaucoup qu'elle ne fût pas avec eux.

— Vous êtes bien bonne, répondit la mère, et croyez-moi, Augusta a très mal pris de nous voir partir sans elle. J'ai dû lui dire que nous ne faisions qu'aller à l'église et que nous la retrouverions tout de suite après. Mais, vous savez, il n'était pas concevable de l'amener ici sans sa bonne, et je tiens plus que jamais à ce que l'on s'occupe bien d'elle.

— Quelle adorable petite chérie! s'écria Margaret. J'ai eu le cœur brisé de la quitter.

— Alors pourquoi étiez-vous si pressée de la fuir? s'écria Mrs Robert. Vous n'êtes qu'une misérable fille. Je me suis disputée avec vous durant tout le trajet, n'est-ce pas? On n'a jamais entendu parler d'une visite pareille! Vous savez combien nous sommes heureux de recevoir l'une ou l'autre d'entre vous, quand ce serait pour plusieurs mois de suite, et je suis désolée, ajouta-t-elle avec un sourire entendu, que nous n'ayons pas su vous rendre Croydon agréable cet automne.

— Ma très chère Jane, ne m'accablez pas avec vos railleries. Vous savez les raisons qui m'ont fait revenir ici. Épargnez-moi, je vous en conjure. Je ne suis pas de taille à lutter contre vos saillies malicieuses.

— Eh bien, je vous prie seulement de ne pas monter vos voisines contre Croydon. Peut-être Emma sera-t-elle tentée de rentrer avec nous et de rester jusqu'à Noël, si vous ne vous en mêlez pas.

Emma en fut très obligée.

— Je vous assure que nous avons une société très choisie à Croydon. Je ne vais guère aux bals, on y croise le tout-venant, mais nos réceptions réunissent un public choisi et sont très agréables. Nous étions sept tablées dans mon salon la semaine dernière. Aimez-vous la campagne ? Comment trouvez-vous Stanton ?

— Je m'y plais beaucoup, répondit Emma, qui estima qu'une réponse globale était la plus appropriée.

Elle comprit que sa belle-sœur l'avait aussitôt méprisée. Mrs Robert se demandait en effet à quel genre de maison Emma avait bien pu être habituée dans le Shropshire, et elle avait acquis la conviction que jamais la tante n'aurait pu être pourvue de six mille livres.

— Comme Emma est charmante ! murmura Marga-ret à Mrs Robert de sa voix la plus languissante.

Emma était fort décontenancée par un tel compor-tement, et elle le fut tout autant quand, cinq minutes plus tard, elle entendit Margaret dire à Elizabeth d'un ton abrupt et précipité, en tout point différent de celui qu'elle avait pris précédemment :

— Avez-vous des nouvelles de Penelope depuis son départ pour Chichester ? J'ai reçu une lettre l'autre jour. Je ne crois pas qu'elle parvienne à grand-chose. À mon avis, elle reviendra « Miss Penelope » comme elle est partie.

Tel serait, le craignait Emma, le ton ordinaire de Margaret une fois que sa présence aurait perdu de sa nouveauté. Cette supputation l'encourageait d'autant moins à apprécier la sensiblerie affectée de sa voix. Les dames furent invitées à monter se préparer pour le dîner.

— J'espère que ce sera assez confortable, Jane, dit Elizabeth en ouvrant la porte de la chambre d'amis.

— Ma chère amie, répondit Jane, ne faites pas de cérémonies avec moi, je vous en prie. Je suis de celles qui prennent toujours les choses comme elles viennent. J'espère pouvoir supporter une petite chambre deux ou trois nuits sans en faire toute une histoire. Quand je viens vous voir, j'entends être traitée tout à fait en *famille*[1]. D'ailleurs, j'espère que vous ne nous avez pas préparé un grand dîner. Souvenez-vous, nous ne soupons jamais.

— Je suppose que nous dormirons ensemble, dit Margaret à Emma avec une certaine précipitation. Elizabeth s'arrange toujours pour avoir une chambre pour elle seule.

— Non, Elizabeth partagera la sienne avec moi.

— Oh! dit-elle, la voix radoucie, et mortifiée de voir qu'on ne la maltraitait pas. Je suis désolée de ne pas avoir le plaisir de votre compagnie, d'autant que la solitude me rend vite nerveuse.

---

1. En français dans le texte.

Emma fut la première parmi les dames à regagner le salon. En entrant, elle trouva son frère, seul.

— Alors, Emma, dit-il, vous voilà une parfaite étrangère dans votre propre maison. Cela doit vous sembler curieux de vous retrouver ici. Votre tante Turner a fait un joli travail! Seigneur! On ne devrait jamais confier de l'argent à une femme. J'ai toujours dit qu'elle aurait dû vous céder quelque capital dès la mort de son mari.

— Mais c'eût alors été me confier de l'argent, répondit Emma. Et je suis une femme, moi aussi.

— On l'aurait placé pour un usage ultérieur, sans que vous en ayez la jouissance immédiate. Quel coup cela a dû vous faire de vous retrouver non plus héritière de huit ou neuf mille livres, mais renvoyée à la charge de votre famille, sans un sou. J'espère que la vieille le paiera.

— Ne lui manquez pas de respect. Elle a été très bonne avec moi. S'il s'avère qu'elle a fait un choix imprudent, elle en souffrira plus que je ne le pourrai jamais.

— Je ne veux pas vous peiner, mais vous savez bien que tout le monde la prend pour une vieille folle. Je pensais que Turner avait toujours été considéré comme quelqu'un d'intelligent et extrêmement raisonnable. Comment diable en est-il venu à faire pareil testament?

— Pour moi, l'attachement qu'avait mon oncle pour ma tante ne saurait remettre en cause son bon sens. Elle a toujours été une très bonne épouse. Les esprits les plus généreux et les plus éclairés sont toujours les plus confiants. Cet épisode fut bien fâcheux, mais le souvenir de mon oncle m'est rendu plus cher encore, si cela était possible, par une telle preuve de tendre respect pour ma tante.

— Quelle curieuse façon de parler! Il aurait pu pourvoir décemment aux besoins de sa veuve, sans laisser à sa merci tout ou partie de ce qu'il avait à léguer.

— Ma tante s'est peut-être trompée, dit Emma avec vigueur; en effet, elle s'est trompée, mais la conduite de mon oncle fut irréprochable. J'étais la nièce de sa femme, et il lui a laissé le pouvoir et le plaisir d'assurer mon avenir.

— Mais, hélas, elle a laissé ce plaisir à votre père, et cela sans qu'il en ait le pouvoir. C'est le fin mot de l'histoire. Après vous avoir éloignée de votre famille assez longtemps pour que toute affection naturelle entre nous s'en fût étiolée, et vous avoir élevée, j'imagine, au-dessus de votre condition, elle vous renvoie sans un sou entre les mains de votre famille.

— Vous connaissez, répondit Emma en luttant pour retenir ses larmes, le triste état de santé de mon oncle. Il était encore plus infirme que père. Il ne pouvait pas sortir.

— Je n'ai pas l'intention de vous faire pleurer, dit Robert, un peu radouci. (Et après un court silence, il ajouta, pour changer de sujet :) Je sors à l'instant de la chambre de père ; il paraît bien diminué. Ce sera bien triste quand il mourra. Quel dommage qu'aucune d'entre vous ne puisse se marier ! Il vous faudra venir à Croydon comme les autres et voir ce que vous pouvez faire là-bas. Je crois que si Margaret avait eu mille ou quinze cents livres, il y a un jeune homme qui aurait volontiers songé à elle.

Emma fut soulagée de voir revenir les autres. Elle préférait encore admirer les atours de sa belle-sœur qu'écouter Robert, qui l'avait également peinée et irritée. Mrs Robert, tout aussi élégante que si elle eût été à sa propre réception, entra en s'excusant de la robe qu'elle portait.

— Je ne voulais pas vous faire attendre, dit-elle, aussi ai-je mis ce qui m'est tombé sous la main. Je dois avoir l'air épouvantable, je le crains. Mon cher, dit-elle à son mari, vous n'avez pas repoudré vos cheveux.

— Non, et je n'en ai pas l'intention. Je trouve qu'il y a déjà sur mes cheveux assez de poudre pour ma femme et pour mes sœurs.

— Vraiment, vous devriez changer un peu de tenue avant le dîner quand vous êtes en visite, même si vous n'en faites rien à la maison.

— Ridicule !

— Il est bien curieux que vous refusiez de faire ce que font les autres messieurs. Chaque jour que Dieu fait, Mr Marshall et Mr Hemmings se changent avant le dîner. Et à quoi cela sert-il que j'aie emporté votre nouvel habit si vous ne le mettez jamais?

— Contentez-vous d'être élégante et laissez votre mari tranquille.

Pour mettre fin à cette altercation et atténuer l'évidente contrariété de sa belle-sœur, Emma, qui goûtait pourtant peu ce genre de frivolités, entreprit de faire l'éloge de sa robe. L'autre s'en enorgueillit aussitôt.

— Elle vous plaît? dit-elle. J'en suis ravie. On l'admire beaucoup, mais je trouve parfois le motif un peu grand. Demain j'en mettrai une que vous préférerez, je pense, à celle-ci. Avez-vous vu celle que j'ai donnée à Margaret?

Le dîner fut servi et, sauf quand elle regardait la tête de son mari, Mrs Robert resta gaie et d'humeur légère, grondant Elizabeth pour la profusion des mets et protestant avec véhémence quand apparut la dinde rôtie qui était la seule exception du buffet dînatoire.

— Par pitié, je vous en conjure, ne nous apportez pas de dinde aujourd'hui. Je suis absolument épouvantée par le nombre de plats que l'on nous a déjà servis. Ne nous apportez pas de dinde, je vous en supplie.

— Ma chère, répondit Elizabeth, la dinde est rôtie ; il est égal qu'on la serve ou qu'elle reste en cuisine. De plus, si on la découpe, j'ai l'espoir que père sera tenté d'en manger un peu, car c'est l'un de ses plats favoris.

— Vous pouvez la faire apporter, ma chère, mais soyez certaine que je n'y toucherai pas.

Mr Watson ne s'était pas senti assez bien pour se joindre à eux pour le dîner, mais on parvint à le convaincre de descendre pour le thé.

— J'espère que nous pourrons faire une partie de cartes ce soir, dit Elizabeth à Mrs Robert après s'être assurée que son père était confortablement installé dans son fauteuil.

— Ne le faites pas pour moi, ma chère, je vous en prie. Vous savez que je ne suis pas joueuse. Je préfère infiniment bavarder tranquillement. Comme je le dis toujours, les cartes sont parfois bien utiles pour briser un cercle trop solennel, mais ce n'est jamais le cas entre amis.

— Je me disais que cela pourrait amuser mon père, dit Elizabeth, si cela ne vous est pas trop désagréable. Il dit que le whist pourrait lui donner la migraine, mais si c'est un jeu de société, peut-être sera-t-il tenté de se joindre à nous.

— Faites, ma chère amie. Je suis à votre entière disposition. Seulement ne m'obligez pas à choisir le jeu, c'est tout. La Spéculation est le seul qui soit en vogue en ce moment à Croydon, mais je peux jouer à n'importe quoi. Quand vous n'êtes qu'une ou deux à la maison, vous devez être bien en peine pour le distraire. Pourquoi ne le faites-vous pas jouer au crib ? Margaret et moi y avons joué la plupart des soirs que nous avions de libres.

On entendit alors au loin comme un bruit d'attelage. Tout le monde tendit l'oreille. Le bruit devint plus distinct ; nul doute qu'il se rapprochait. C'était inhabituel à Stanton, quelle que fût l'heure, car le village ne se trouvait pas sur une route très passante, ni ne comptait d'autre famille de notables que celle du pasteur. La voiture se rapprochait rapidement, et deux minutes plus tard ils eurent tous la réponse à leurs questionnements. L'équipage s'était arrêté devant la porte du jardin du presbytère. Qui cela pouvait-il être ? Sans doute une chaise de poste. Penelope était la seule à qui l'on pût penser. Peut-être s'était-elle trouvé quelque occasion fortuite de rentrer. Un moment d'incertitude s'ensuivit. On entendit des pas, d'abord dans l'allée pavée qui longeait les fenêtres pour arriver à la porte d'entrée, puis dans le couloir. Les pas d'un homme. Ce ne pouvait être Penelope. Ce devait être Samuel. La porte s'ouvrit, révélant Tom Musgrave en manteau de voyage. Il revenait de Londres et avait fait un détour d'un demi-mile, simplement pour venir passer dix minutes à Stanton. Il adorait surprendre les gens par des visites impromptues au moment où ils s'y attendaient le moins. En l'occurrence, il avait un motif supplémentaire qui était de pouvoir annoncer aux demoiselles Watson, qu'il s'attendait à trouver tranquillement affairées après le thé, qu'il rentrait chez lui pour dîner à huit heures.

Il s'avéra toutefois qu'il ne causa pas tant de surprise qu'il n'en éprouva lui-même quand, au lieu d'être introduit dans le petit salon habituel, il se vit ouvrir la porte du grand salon, d'un pied plus haute et plus large que l'autre, et qu'il aperçut un cercle de gens élégants qu'il n'identifia pas tout de suite, installés en arc de cercle près de la cheminée comme pour une visite formelle, et Miss Watson, assise à la meilleure table Pembroke[1] avec le service à thé des grandes occasions. Il resta bouche bée quelques instants.

— Musgrave! s'exclama Margaret d'une voix tendre.

Il se ressaisit et s'avança, ravi de trouver pareil cercle d'amis et bénissant sa bonne fortune pour ce plaisir inattendu. Il serra la main de Robert, s'inclina devant les dames, leur sourit, le tout avec beaucoup de grâce. Mais quant à s'adresser à Margaret avec une émotion ou des manières particulières, il n'en laissa rien montrer à Emma qui eût contredit l'opinion d'Elizabeth, même si les sourires timides de

---

1. Petite table à quatre pieds munie de deux abattants.

Margaret semblaient signifier qu'elle s'attribuait les mérites de cette visite. On le persuada sans trop de difficulté de se défaire de son manteau pour venir prendre le thé. En effet, comme il le fit observer, qu'il dînât à huit heures ou à neuf heures n'avait guère d'importance et, sans pour autant paraître le convoiter, il ne chercha pas non plus à éviter le siège que Margaret s'évertuait à lui offrir à côté d'elle. Ainsi se l'était-elle approprié aux dépens de ses sœurs, mais elle ne parvint pas aussitôt à le soustraire aux sollicitations de son frère. En effet, puisque Tom Musgrave, de son propre aveu, n'avait quitté Londres que quatre heures plus tôt, il se devait d'éclairer la situation des affaires du pays et rendre compte de l'état de l'opinion publique, avant que Robert ne consentît à s'intéresser aux questions moins nationales et plus frivoles de ces dames.

Il eut cependant ensuite tout loisir d'écouter le tendre discours de Margaret qui redoutait qu'il n'eût fait un bien épouvantable voyage, de nuit, et par ce froid atroce.

— Vraiment, vous n'auriez pas dû prendre la route si tard.

— Je n'ai pu partir plus tôt, répondit-il. J'étais retenu au Bedford, à bavarder avec un ami. Je ne vois jamais le temps passer. Depuis quand êtes-vous rentrée, Miss Margaret?

— Nous ne sommes arrivés que ce matin. Mon frère et ma belle-sœur ont eu la bonté de me ramener ce matin même. C'est singulier, n'est-il pas?

— Vous étiez partie longtemps, n'est-ce pas? Une quinzaine de jours, je crois.

— Une quinzaine vous semble peut-être long, Mr Musgrave, dit Mrs Robert sèchement, mais un mois, pour nous, c'est très court. Je vous assure que si nous la ramenons chez elle au bout d'un mois, c'est bien contre notre volonté.

— Un mois! Êtes-vous vraiment partie un mois? Le temps file, c'est insensé.

— Je vous laisse imaginer quels sont mes sentiments en me retrouvant de nouveau à Stanton, dit Margaret en une sorte de murmure. Vous savez que les visites ne me mettent pas en joie. Et j'étais si excessivement impatiente de voir Emma; je redoutais cette rencontre autant que je la désirais. Comprenez-vous mon état d'esprit?

— Pas du tout, s'écria-t-il tout haut. Jamais je ne pourrais redouter une rencontre avec Miss Emma Watson, ni avec aucune de ses sœurs.

Il avait bien fait d'ajouter ces mots.

— Me parliez-vous? dit Emma qui avait entendu son nom.

— Pas vraiment, répondit-il, mais je pensais à vous, comme bien d'autres, sans doute, même loin d'ici. Quel beau temps dégagé, Miss Emma. Charmante saison pour la chasse.

— Emma est délicieuse, n'est-ce pas? chuchota Margaret. Je trouve qu'elle dépasse mes plus chères espérances. Avez-vous jamais vu plus parfaite beauté? Je crois que vous-même n'aurez d'autre choix que de vous convertir aux teints mats.

Il marqua un temps d'hésitation. Margaret avait la peau claire, et il ne tenait pas particulièrement à la complimenter. Mais Miss Osborne et Miss Carr avaient la peau claire elles aussi, et l'idolâtrie qu'il leur vouait enleva la décision.

— Le teint de votre sœur, dit-il enfin, est aussi beau que peut l'être un teint mat, mais je dois néanmoins avouer ma préférence pour une peau claire. Vous voyez Miss Osborne? Elle est pour moi le modèle d'un teint vraiment féminin, et sa peau est très claire.

— Plus claire que la mienne?

Tom ne répondit pas.

— Sur mon honneur, mesdames, dit-il en jetant un coup d'œil à sa tenue, je vous suis fort obligé de l'indulgence dont vous avez fait preuve en m'admettant dans votre salon dans un tel *déshabillé*[1]. Je n'avais vraiment pas mesuré à quel point mon allure était inconvenante ici, sinon j'aurais, je l'espère, gardé mes distances. Si

---

1. En français dans le texte.

elle me voyait dans pareil état, Lady Osborne me dirait que je deviens aussi négligé que son fils.

Les dames ne furent pas avares en réponses fort civiles ; et Robert Watson, jetant un œil furtif à sa propre tête dans un miroir qui se trouvait en face de lui, dit avec une égale civilité :

— Vous ne pourriez être plus en *déshabillé*[1] que moi. Nous sommes arrivés si tard que je n'ai même pas eu le temps de me repoudrer les cheveux.

Emma ne put s'empêcher de partager les sentiments qu'elle crut alors deviner chez sa belle-sœur. Une fois le service à thé débarrassé, Tom commença à parler de sa voiture ; mais comme on installait la vieille table de jeu et que Miss Watson sortait fiches et jetons du buffet ainsi qu'un paquet de cartes assez propres, les autres le pressèrent si énergiquement de se joindre à eux qu'il consentit à rester un quart d'heure de plus. Même Miss Emma se réjouit qu'il eût accepté car elle commençait à percevoir qu'une soirée en famille risquait d'être la pire qui fût ; quant aux autres, ils étaient ravis.

— À quoi jouez-vous ? s'écria-t-il alors qu'ils étaient tous debout autour de la table.

— À la Spéculation, je crois, répondit Elizabeth. Ma belle-sœur nous en a vanté les mérites et je pense

---

1. En français dans le texte.

que nous aimerons tous. Je sais que c'est votre cas aussi, Tom.

— C'est le jeu à la mode en ce moment, à Croydon, dit Mrs Robert. On ne songerait même pas à jouer à autre chose. Je me réjouis qu'il vous plaise aussi.

— Oh! moi, vous savez, s'écria Tom, tout m'ira; votre choix sera le mien. J'ai passé de belles heures à jouer à la Spéculation à une époque; mais il y a bien longtemps que je n'en ai pas eu l'occasion. On ne joue qu'au vingt-et-un à Osborne Castle, ces temps-ci. Vous seriez surpris du bruit que nous faisons là-bas. Le vieux salon majestueux en résonne à nouveau. Lady Osborne dit parfois qu'elle ne s'entend plus parler. Lord Osborne, lui, y trouve un fameux plaisir. C'est sans contredit le meilleur banquier que j'aie vu à ce jeu. Il est d'un vif, d'un spirituel! Il ne laisse personne rêvasser sur ses cartes. J'aimerais que vous le voyiez lorsqu'il «crève» en dépassant les vingt et un; ça vaut tout l'or du monde!

— Mon Dieu! s'écria Margaret, pourquoi ne jouerions-nous pas au vingt-et-un? Ce jeu me paraît bien meilleur. Je ne peux pas dire que j'adore la Spéculation.

Mrs Robert ne dit pas un mot de plus pour défendre son jeu. Elle rendit les armes et les modes d'Osborne Castle l'emportèrent sur celles de Croydon.

— Voyez-vous souvent la famille du pasteur au château, Mr Musgrave? demanda Emma tandis qu'ils s'asseyaient.

— Oh oui! Ils y sont presque tout le temps. Mrs Blake est une adorable et sympathique petite dame, nous sommes de grands amis elle et moi; Howard est un brave garçon, et un vrai gentleman. Aucun d'eux ne vous a oubliée, je vous le promets. Je suppose que vous devez avoir les joues un peu rouges de temps à autre, Miss Emma. N'aviez-vous pas un peu chaud samedi soir vers neuf ou dix heures? Je vais vous raconter ce qu'il en a été. Je vois que vous brûlez de savoir. Howard a dit à Lord Osborne…

À ce moment crucial, les autres l'appelèrent pour rappeler les règles et décider d'un point litigieux; et il se retrouva si totalement absorbé par cette affaire et par la reprise du jeu qu'il ne termina jamais son récit; et Emma, qui, pourtant, redoublait désormais de curiosité, n'osa le lui rappeler.

Musgrave se révéla un renfort très utile à leur table. Sans lui, une assemblée composée de si proches parents aurait pu ne présenter qu'un intérêt limité, et sans doute n'auraient-ils guère fait preuve d'aménité. Mais sa présence garantissait variété et bonnes manières. En vérité, il était la personne toute trouvée pour briller dans les jeux de société; et peu de situations lui offraient l'occasion d'être autant à son avantage. Il jouait avec entrain, ne manquait jamais de conversation, et bien qu'il manquât d'esprit, il pouvait de temps à autre faire bon usage des saillies d'un ami absent. Il mettait beaucoup d'enthousiasme à répéter des lieux communs ou à débiter des platitudes, ce qui produisait le plus grand effet sur une table de jeu. Les usages et les plaisanteries du château venaient maintenant s'ajouter aux moyens dont il usait habituellement pour divertir. Il répétait les piques d'une lady, détaillait les étourderies d'une autre, et leur offrit même une imitation de Lord Osborne lorsqu'il perdait au jeu.

La pendule sonna neuf heures alors qu'il était ainsi agréablement occupé, et quand Nanny entra avec le bol de gruau de son maître, il eut le plaisir de faire observer à Mr Watson qu'il devait le laisser souper, tandis que lui rentrait dîner. Sa voiture fut avancée, et ils insistèrent en vain pour le retenir plus longtemps, car il savait bien que, s'il restait, il lui faudrait souper dans moins de dix minutes, ce qui paraissait parfaitement insupportable à un homme qui avait depuis longtemps décidé que son prochain repas serait toujours un dîner.

Quand elle le vit résolu à partir, Margaret se mit à faire des clins d'œil et des signes de tête à Elizabeth pour qu'elle l'invitât à venir dîner le lendemain ; celle-ci finit par ne plus pouvoir résister à des allusions que son tempérament sociable et hospitalier approuvait plus qu'à moitié, et lança l'invitation : ils seraient très heureux qu'il acceptât de rendre visite à Robert.

— Avec le plus grand plaisir, répondit-il tout d'abord, avant d'ajouter dans un deuxième temps : C'est-à-dire, si j'arrive à venir à l'heure. Mais je chasse avec Lord Osborne demain, et je ne saurais donc m'engager. Ne comptez sur moi que si vous me voyez.

Sur quoi il prit congé, ravi de l'incertitude dans laquelle il les avait laissés.

*

Le cœur réjoui par des circonstances qu'elle voulait trouver particulièrement propices, Margaret aurait volontiers fait d'Emma sa confidente quand elles se retrouvèrent seules quelques instants le lendemain matin, et elle en était déjà arrivée à lui dire :

— Le jeune homme qui était ici hier soir, ma chère Emma, et qui revient aujourd'hui, a plus d'importance à mes yeux que vous ne l'avez peut-être remarqué…

Mais Emma, feignant de ne rien trouver d'extraordinaire à ces propos, lui fit une réponse totalement hors de propos et, se levant brusquement, s'enfuit pour échapper à un sujet qui heurtait ses sentiments.

Comme Margaret ne permettait pas qu'on émît le moindre doute sur la venue de Musgrave, les préparatifs pour le recevoir surpassèrent de loin ce qui avait été jugé nécessaire la veille ; et retirant entièrement à sa sœur ses prérogatives de maîtresse de maison, elle passa elle-même la moitié de la matinée en cuisine à commander et à gronder. Toutefois, après de longues heures de médiocres efforts culinaires et d'attente anxieuse, ils durent passer à table sans leur invité. Tom Musgrave ne vint jamais, et Margaret ne chercha pas à cacher l'humiliation perceptible derrière sa déception affichée, pas plus qu'elle ne tenta de réprimer son humeur acariâtre.

Le reste de la journée et tout le lendemain, c'est-à-dire durant ce qui restait de la visite de Robert et Jane, son dépit hargneux et ses récriminations grincheuses ne cessèrent de mettre la tranquillité de tous en péril. Elizabeth en était la cible ordinaire. Margaret avait tout juste assez de respect pour l'opinion de son frère et de sa belle-sœur pour se conduire décemment avec eux, mais Elizabeth et les domestiques ne pouvaient jamais rien faire de bien. Quant à Emma, à qui elle ne semblait plus prêter la moindre attention, elle constata que la voix doucereuse avait duré encore moins longtemps qu'elle ne l'avait imaginé. Désireuse de se retrouver aussi peu que possible en leur présence, Emma fut ravie du choix qui s'offrait à elle de rejoindre son père à l'étage, et chaque soir demanda instamment qu'on lui permît de rester en sa compagnie. Comme Elizabeth aimait trop être entourée, par qui que ce fût, pour ne pas préférer rester en bas, quels qu'en fussent les périls, et comme elle préférait encore parler de Croydon avec Jane en prenant le risque de se faire interrompre à chaque instant par les humeurs de Margaret, que de rester seule avec son père, à qui il était souvent trop pénible de parler, l'affaire se régla ainsi, dès qu'Emma eut acquis la conviction que ce n'était pas un sacrifice pour sa sœur. Pour Emma, cet échange fut des plus acceptable, et même délicieux. Bien qu'infirme, son père ne demandait guère que gentillesse et silence; et comme il avait du bon sens et de l'instruction, il faisait, quand il était capable d'échanger, un agréable compagnon.

Dans la chambre de son père, Emma échappait aux terribles vexations que lui infligeaient cet entourage peu recommandable et ces querelles familiales. Elle n'avait pas à endurer directement cette prospérité insensible, cette prétention vulgaire et cette sottise butée doublée d'un tempérament rebelle. Si elle souffrait encore de l'existence de ces avanies, en songeant au passé et à l'avenir, en cet instant leurs effets ne la torturaient plus. Elle était libre, elle pouvait lire, réfléchir, même si sa situation n'était pas de nature à rendre ses réflexions bien rassurantes. Les maux qui résultaient de la perte de son oncle n'étaient ni insignifiants, ni susceptibles de s'estomper; et quand elle avait donné libre cours à ses pensées et mis en balance passé et présent, seule la lecture lui permettait de s'occuper l'esprit et de chasser ses idées noires, aussi se tournait-elle avec reconnaissance vers un livre.

C'était un fait, la mort d'un ami et l'imprudence d'une autre avaient profondément bouleversé son entourage familier ainsi que son mode de vie. Après avoir été le premier objet des espoirs et des sollicitudes d'un oncle qui avait formé son esprit avec l'attention d'un père, après avoir reçu toute la tendresse d'une tante dont le tempérament aimable s'était complu à lui accorder toutes les faveurs, après avoir été la vie et l'âme d'une maison où tout n'était que confort et élégance, après avoir été l'héritière attendue d'une fortune qui assurerait largement son indépendance, elle n'avait plus la moindre importance pour personne et était devenue un fardeau pour des gens dont elle ne pouvait espérer aucune affection, elle n'était qu'un élément surnuméraire dans une maison déjà bien encombrée, elle se retrouvait entourée d'esprits inférieurs et n'avait que peu de chances de pouvoir goûter au confort domestique et aussi peu d'espoir qu'on lui portât, un jour, une quelconque assistance. Il était heureux qu'elle eût été naturellement gaie, car un tel changement aurait pu plonger un esprit plus faible dans le désespoir.

Robert et Jane la pressèrent avec insistance de les accompagner à Croydon, et elle eut quelque difficulté à leur faire accepter son refus. Ils avaient en effet une trop haute opinion de leur générosité et de leur situation pour envisager que leur offre pût apparaître à quiconque sous un jour moins avantageux. Elizabeth abonda dans leur sens, bien que cela allât de toute évidence contre son propre intérêt, en encourageant discrètement Emma à partir.

— Vous ne savez pas ce que vous refusez, Emma, lui dit-elle, ni ce qu'il vous faudra endurer ici. Je vous conseille vivement d'accepter cette invitation ; il y a toujours de l'animation à Croydon, vous aurez de la compagnie presque tous les jours, et Robert et Jane seront très gentils avec vous. Pour ce qui me concerne, les choses ne seront pas pires en votre absence qu'elles ne l'étaient jusqu'ici ; mais les manières désagréables de cette pauvre Margaret sont une nouveauté pour vous, et elles vous contrarieraient plus que vous ne l'imaginez si vous restiez ici.

Ces mises en garde n'eurent bien sûr aucun effet sur Emma, sinon d'accroître son estime pour Elizabeth ; et les visiteurs repartirent sans elle.

*Cet ouvrage a été composé
par Atlant'Communication*

*Impression réalisée par
CPI France
en mars 2017
pour le compte des Éditions Archipoche*

Imprimé en France
N° d'impression : 3022186
Dépôt légal : avril 2017